서양의 유혹

MALRAUX

La tentation de l'Occident

© 1926, Bernard Grasset

This edition was published by arrangement
with Éditions Bernard Grasset, Paris
through Sibylle Books Literary Agency, Seoul

"오랫동안 꿈을 바라보는 자는 자신의 그림자를 닮아 버린다."

말라바르의 속담[1]

방트아이 스레이 사원을 추억하며,

클라라 당신에게[2]

1) 〔이하 모두 역주〕 이 제사(題詞)는 두번째 소설 《왕도》의 제사로도 사용되었지만 '플레야드판'에서는 삭제되었다. 특히 속담에서 문제가 되는 것은 '꿈(les songes)'이라는 낱말이다. 본 제사에는 원래 '원숭이(les singes)'로 되어 있으나 《왕도》에서는 '꿈'으로 바뀌어 있다. 전문가들 사이에서는 오타냐 아니냐 논쟁이 있다. 역자가 소설을 연구한 바에 따르면 '꿈'으로 읽어야 마땅하다고 생각된다. 역자의 해석을 간단히 소개하면, 말라바르는 인도 서부의 해안 지방이기 때문에 이 속담은 동양 사상과 관련된 깊은 암시를 담아내고 있다. 그림자는 존재와 존재의 근원인 실재와의 관계를 함축한다. 삶은 포착할 수 없는 그림자이고 환영이다. 따라서 현상계를 꿈의 세계, 다시 말해 환상의 세계로 바라보는 인식론적 각성이 필요하다. 그렇지 못할 경우 꿈들을 쫓다가 그림자와 하나가 되어 환영 속에 갇히게 된다. 이러한 해석은 불교와 노장 사상에 공통적으로 적용될 수 있는데, 《서양의 유혹》에서 제안되는 동양적 정신을 두 사상으로 집약할 수 있다는 점에서 제사는 이를 암시하고 있다고 보여진다.

2) 방트아이 스레이 사원은 앙코르와트 사원으로부터 25킬로미터 떨어져 있다. 말로가 그의 첫부인 클라라와 함께 1923년 고고학적 답사를 할 당시에는 밀림에 묻혀 있었다.(작가 연보 참조) 클라라와 함께 나눈 동양에 대한 지적·예술적 열정을 환기한다고 보면 되겠다.

일러두기

이 책의 대부분을 구성하는 편지들은 두 청년에 의해 씌어졌다. 한 사람은 26세의 프랑스인 아데(A. D.)로 중국 서적들에 대한 다소간의 지식을 갖추고 있다. 다른 한 사람은 23세의 중국인 링(Ling-W.-Y.)으로 수많은 자기 동포들을 괴롭히는 신기한 서양 문화에 충격을 받고 있으나, 이 서양 문화는 오로지 책을 통해 접한 것이다. 편지들은 프랑스 청년이 중국을 여행하고 중국 청년이 유럽을 여행하는 동안에 교환되었다.

독자는 링을 극동(極東)의 상징으로 보지 않기를 바란다. 그런 상징이란 존재할 수 없을 것이다. 그는 중국인이고, 유럽에서 온 책들이 파괴하기에는 부족한 중국적 감성과 사상을 중국인으로서 따르고 있다.

다른 것은 아무것도 없다.

이 편지들은 선별된 것이다. 우리는 그것들을 출간함으로써 두 감성의 움직임들을 분명히 하고, 그것들을 읽는 이들에게 그것들이 드러내는 감각 및 정신 생활, 다시 말해 독특하게 보일 수 있는 그런 생활에 대한 특별한 성찰을 제시하고자 한다.

A. D.가 쓰다[3]

샹보르 호에서[4]

아, 뜻밖의 토인들이여, 내가 그대들을 만났더라면! 종려나무들 사이로 둥근 지붕들이 나타나고 있는 가운데, 그대들은 뿔 모양의 과일들을 투박한 쟁반에 담아 항해자들에게 내밀곤 하였다. 오, 발견이여······. 인간은 형태들을 하나하나 포획하여 책들 속에 가둠으로써 내 정신의 움직임을 준비시켰다. 이제 그 움직임에서 존재들과 풍경들은 행렬을 이루며 서서히 펼쳐지고 있다. 바다 위로는 밤의 침묵이 감돌고 있고, 배의 기관 소리는 너무도 규칙적이기에 저 침묵과 하나가 되는 것 같다. 지고의 고요함, 매끄러운 찬란한 바다, 그 위에 아득한 별들이

---

3) 이 편지는 수신자가 없이 A. D.가 아시아로 배를 타고 가는 중에 펼쳐내는 단상을 담고 있다.

4) 주로 인도양과 아프리카의 동부 연안을 잇는 정기 여객선이었으나 때로는 일본의 시모노세키까지 드나들었다 한다.

떨고 있다……⁵⁾ 초원에 곡선의 그림자를 수놓는 거대한 들소 두개골들——표지인가, 전리품인가?——을 치켜든 마지막 유목민들의 어렴풋한 형체들이 배의 항적 속으로 사라져 간다. 보다 먼 곳에서는 중앙아시아의 군대들이 소용돌이치고 있다. 매우 오래된 검은 글자들로 장식된 높은 깃발들이 모든 것을 지배하고 있다. 그 옛날에.

회교도의 하렘 깊숙이 있는 첩들. 그들 가운데 (장차 섭정이 될) 한 여인이 창문 구멍 옆에서 눈을 감은 내시와 이야기를 나누고 있다. 보랏빛 궁전에서는 황제가 전 제국을 뒤져 찾아오게 했던 화석들을 살펴보고 있다. 날씨는 차갑다. 밖에는 얼어붙은 매미들이 나뭇가지들로부터 분리되어 조약돌 소리를 내면서 단단한 땅 위에 떨어지고 있다. 광장 한가운데에서는 무능한 마법사들이 향기로운 장작더미 위에서 화형을 당하고 있다. 그들이 공주들을 매혹하기 위해 사용했던 우묵한 작은 목상(木像)들이 산산조각이 나 폭죽처럼 흩어져 떨어지고 있다. 군중들——맹인들이 많기도 하구나!——은 재빨리 물러선다. 저 멀리 지평선 가까이 야생의 풀밭 위에는 개미 밥이 된 한 줄기 뼈다귀들이 군대가 통과했음을 나타내고 있다. 불 옆에서는 과부가 된 마법사 부인들이 미래를 점쳐 보았다.

오리들이 달리면서 지나가고 있다.

---

5) 배 안에서 A. D.는 아시아 대륙에서 모험을 펼쳤던 항해자들의 역사적 에피소드들을 떠올리며 몽상에 잠기고 있다. 그의 정신은 인간들이 남긴 문화적 형태들을 담아내고 있는 책을 통해서 형성되었고, 이를 바탕으로 역사의 기억 속에서 피어오린 '존재들과 풍경들'을 단편적으로, 상상적으로 펼쳐내고 있다.

봄이 올 때마다 몽고의 대초원은 자줏빛 심의 하얀 타타르 장미들로 뒤덮인다. 대상들이 이 초원을 지나가고, 지저분한 상인들은 숙박지에서 석류처럼 열리는 둥근 짐꾸러미들을 실은 털투성이의 커다란 낙타들을 끌고 가고 있다. 그리하여 투명한 하늘빛 혹은 얼어붙은 강물빛의 보석들, 거울처럼 반사하는 보석들과 회색빛 새들의 연한 깃털들, 은화 자국이 새겨진 서리빛과 터키옥빛의 모피들, 이 모든 것은 눈의 왕국이 펼치는 선경이 되어 그들의 민첩한 손가락들 위에 무너져 내린다.

티베트의 지붕이 평평한 지방 수도원들의 저 높은 곳으로부터 더없이 아름다운 신비가 푹신한 모랫길을 따라 바다 앞까지 내려와, 흔들거리는 작은 종들로 뒤덮인 무수한 뿔각 사원들로 꽃을 피운다.

우리 백인들이 조난당한 배를 타고 오고 있다.

그들은 아침 해와 함께 항구에 들어온다. 반사하지 않는 우윳빛 물결로 인해 선원들의 최초 외침은 더욱 선명하다. 옻칠을 한 듯이 반짝이는 해안선 위로 도시 전체가 파고다의 작은 꽃무늬 장식이 새겨진 장엄한 성벽을 드러내며 떠오르는 태양 속에 올라온다. 도시의 생경한 윤곽을 따라 깃털과 타래 모양을 한 불빛들이 나타난다. 육지에 닿자 그들은 약간의 보석을 받는다. 그들은 행복하면서도 불안한 모습을 한 채 환전상들이 조그만 망치로 확인하는 은전 소리를 따라 역겨운 냄새가 나는 거리를 배회하고 있다. 때때로 그들은 한 여자를 흘끗 바라본다. 커튼이 내려지자, 그들은 지나친 기교를 부린 꽃들로 장식되고 갈색 음영이 드리워진 실내, 검은 목재로 된 그런 실내를 배경으로 서 있는 그녀의 침착한 얼굴, 너무도 작은 발, 비단

9

바지, 코르셋을 찬 흔적을 기억해 내려고 애쓴다…….

그들은 공영 전당포들을 방문한다. 전당포는 총안이 뚫어진 탑이다. 각각의 총안 옆에는 황산염이 채워진 작은 주발이 놓여 있는데, 간수들은 국가에 위탁된 물건들을 탈취하려는 강도들이 나타날 때 이 황산염을 던진다.

그리고 나서 그들은 이제 자신들이 산 물건들을 한아름 품에 안은 채 무거운 의자에서 끔찍하게 흔들리면서 되돌아온다. 그 하얀 새틴옷은 옛날에 섬나라의 어린 공주가 죽었을 때 입힌 수의였으며, 공주의 입술 사이에는 붉은 진주가 물려졌다. 모두가 평화로운 궁정 안에서는 태양빛에 둘러싸인 노인들이 멀리 투르키스탄이나 티베트에서 도시의 건축을 결정짓는 마법적 기호들을 엄숙한 청년들 앞에서 보여주고 있다. 조류 상인들의 집에서는 앵무새들이 예전에 4만 개의 미개한 섬에서 마법 모자를 쓴 학자들한테 배운 복잡한 언어들을 말하고 있다.

백인 모험가들은 만주어를 배우고 눈썹을 밀어 버린 후, 비밀 단체들에 가입한 근동인(近東人) 수부들에 인도되어 내부로 들어갔었다. 그들은 그곳에서 만주 여인들과 결혼했고, 소중한 장수들이 되어 제국의 군대를 지휘하고 있다. 그들은 자신들의 친구들을 알아보려 하지 않는다. 그들을 보러 가는 사람들은 그들의 명령에 따라 죽게 된다. 그리고 북쪽에는 자금성의 극히 장엄한 궁전 깊숙한 곳에서 절대권을 쥔 섬세한 황제가 홀로 검은 양귀비들에 둘러싸인 눈먼 노인이 된 채 노동의 중국, 아편의 중국, 그리고 꿈의 중국 위에 투명한 손가락들을 내밀고 있다……. 당나라 제국 황제들의 보다 오래된 현학적이면서 군인적인 그림자들. 세계의 모든 종교들과 마법들이 충돌했던 궁정의 소요, 노장사상가들, 거친 화살들로 벽에 고정된 왕비들, 말(馬)꼬리 장식의 무기를 지닌 기병들, 60번의 승리를 한 후 북쪽의 아득한 천막 속에서 죽은 장수들, 갈라진 타일들에 조각된 병사들과 말들만이 지키고 있는 사막의 무덤들, 구슬픈 노래들, 얼음장 같은 밤에 불모의 광대한 대지를 가로질러 전진하는 나란한 창들과 가죽만 남은 짐승 같은 인간들, 이 모든 것이 나타내는 그대들의 열정, 정복에 대한 그 은연한 열정에서 나는 무엇을 다시 발견할 것인가, 유적들?

링이 A. D.에게

마르세유에서

귀하에게,

유럽은 아름다운 환영을 별로 불러일으키지 못하며, 저는 적의에 찬 호기심을 느끼면서 유럽에 왔습니다. 유럽이 우리 중국인들에게 만들어 낸 환상들은 너무도 명료하지 않기에 우리는 그것들을 수정해 보아도 가르침이나 즐거움을 발견할 수가 없습니다. 그리하여 책들과 우리의 불안은 유럽의 형태들보다 사상을 탐구토록 했습니다. 유럽의 현재는 유럽이 지나온 과거의 부서진 틀보다 더 우리를 유혹하고 있으며, 우리가 이 과거에 요구하는 것은 다만 유럽이 지닌 힘에 대한 설명뿐입니다.

유럽이라는 이름은 어떤 그림도 욕망도 환기시키지 않습니다. 제가 예전에 중국에서 보았던 사진들은 서양에서 보이는 군중의 그 특이한 움직임을 보여주지 않았으며, 저는 서양을 기하학이 휩쓸어 버린 나라로 생각했습니다. 집들의 모서리들은 수직으로 떨어져 내렸습니다. 거리들은 반듯했고, 옷들은 빳빳했으며, 가구들은 정방형이었습니다. 궁전들의 정원은――아름답지 않은 것은 아니지만――수학적 정리(定理)들을 입증하고 있었습니다. 행동에 운명지어진 세계를 끊임없이 행동을 통해 다시 창조하는 일, 이것이 그때 제가 보았던 유럽의 영혼이었습니다. 인간 의지에 이 영혼이 예속되어 있는 모습이 형태들을 지배하고 있었습니다. 가축과 같은 중국의 정크선은 프랑스의 범선과 비교해 보니 삼각형들로 된 기발한 앙상블을 저에게 보여주었습니다. 뿐만 아니라 유럽은 저에게 지상에 여자가 존재한 장소였습니다.

같은 청년이 같은 청년에게

파리에서

귀하에게,

지난번에 보낸 편지에 몇 마디 덧붙이고자 합니다. 저는 우리가 중국에서 보는 사람들과는 거의 닮지 않은 교양 있는 프랑스인들이 성실성에 부여하는 가치를 알기 시작하고 있으며, 이 점은 저를 고무시키고 있습니다. 다른 한편으로 몇 주가 지나자 제가 받은 인상들은 명확하게 되었습니다. 제가 유럽에서 보는 것은 주의 깊게 질서가 부여된 어떤 야만성이고, 이 야만성 속에서 문명에 대한 관념과 질서에 대한 관념이 매일같이 혼동되고 있습니다. 문명은 사회적인 것이 전혀 아니고 심리적인 것입니다. 진정한 문명은 하나밖에 없는데, 그것은 감정들의 문명입니다.

저는 귀하의 백인 인간들이 지닌 감정들에 대해 무엇을 말할 수 있을까요? 저는 그것들을 연구하고 있습니다. 저는 책에서 벗어나려고 애쓰고 있습니다. 저는 우리의 중국 번역자들이 유럽의 관습과 동시에 문학을 알게 하기 위해 발자크·플로베르, 프랑스 자연주의자들, 괴테의 초기 소설들, 톨스토이·도스토예프스키를 선택하고 보들레르의 재능을 분석하면서 지혜와 대단한 정성을 보여주었다는 것을 알고 있습니다. 그러나 엠마[6]로부터 카라마조프 형제들에 이르기까지 고통으로 울부짖는 인물들은 예외적이고 거의 비정상적인 기독교도들이라는 것도 알고 있습니다. 하지만…….

제가 귀하의 나라 거리에서 목격하는 광경들, 저 모든 가련한 존재들로부터 올라오는 것은 바로 아픔의 인상입니다! 당신들의 활동보다는 제가 벗어날 수 없는 저 고뇌에 찬 얼굴들이 저를 더 놀라게 합니다. 고뇌는 당신들 각자와 일 대 일로 싸우고 있는 것 같습니다. 참으로 많은 **개별적인** 고통들이 있군요!

---

6) 귀스타브 플로베르의 소설 《마담 보바리》의 여주인공.

옛날에 당신들의 신앙은 세계를 능란하게 배치했습니다. 저는 그것이 제 안에서 불러일으키는 적의가 어떠하든, 그것을 통해서 조화로운 위대한 고통이 화석화되어 나타난 거의 야만적인 형상들을 존경심 없이는 바라볼 수가 없습니다. 그러나 저는 사랑의 그 모든 강렬함이 수난받는 육체에 집중되는 명상들을 동요하지 않고는 상상할 수 없을 것입니다. 그러니까 기독교는 개인이 자기 자신에 대해 지니는 의식을 형성시킨 모든 느낌들이 비롯되는 유파라고 생각됩니다. 저는 박물관들의 전시실들을 둘러보았습니다. 그곳에서 당신들의 천재성은 저를 불안으로 가득 채웠습니다. 당신들의 신들에게조차 생기를 불어넣고, 그들의 이미지처럼 눈물과 피로 얼룩진 그들의 위대함에 생기를 불어넣고 있는 것은 어떤 야만적 힘입니다. 내가 사랑하고 싶은 보기 드문 평온한 얼굴들, 그 얼굴들의 아래로 내린 눈꺼풀을 비극적 운명이 짓누르고 있습니다. 왜냐하면 당신들로 하여금 그들을 선택하게 만들었던 것은, 그들이 죽음으로부터 선택된 자들이란 사실을 안다는 것이기 때문입니다.

"삶에 대한 우리의 이미지들, 관능적인 찬사인 그런 이미지들도 있다." 다른 것들보다 이 이미지들은 나를 괴롭히고 있습니다. 대체 당신들은 여인의 육체를 발견했다고 자만하기 위해서는 힘과 고통의 무거운 왕관을 짊어진 인종이 되어야 한다는 것을 느끼지 못하고 있는 것입니까?

당신들이 찬양하는 것들과 같은 작품, 다시 말해 동일한 스타일, 동일한 매력, 혹은 동일한 힘을 통해 그것을 맛볼 줄 아는 사람들을 감동시키게 되어 있는 작품은 보잘것없는 작품입니다. 비단으로 된 우리의 더없이 값진 두루마리 그림들이 가치가 있는 것은 그것들이 우리 자신 안에서 세계의 무한한 다양성을 낳게 하기 때문입니다. 게다가 예술들은 그 자체로 고귀함을 지니는 것이 아닙니다. 그것들을 고양시켜 주는 고귀함은 그것들이 무한히 다양한 방식들을 지닌 완벽한 순수성의 요소들이라는 사실에서 비롯됩니다. 그 도자기들은 침묵만이 감도는 저 어두운 방이 감추고 있는 아름다움의 무수한 형태들을 하나하나 포획하기 위해서만 존재합니다. 우리를 변모시키게 될 알맞은 감동들은 무수히 많지만 알려지지 않은 채 세계를 떠돌고 있습니다. 그리하여 욕망의 형태로 모아진 우리의 두 손으로는 우리가 음영 속에 정성들여 배치해 놓은 저 덧없는 채색 반점들과 마찬가지로 이 감동들을 고정시킬 수 없을 것입니다……

예술가는 창조하는 자가 아니라 느끼는 자입니다. 질들이 어떤 것이든, 한 예술 작품의 질은 부차적입니다. 왜냐하면 그것은 아름다움의 제안에 불과하기 때문입니다. 모든 예술들은 장식적입니다. 상상의 다채색 새들이 내려앉기를 좋아하는 대나무들과 장송곡의 장엄함을 지닌 용수 무화과나무들을 선택해 봅시다. 그리고 존중을 받을 만한 사람인 정원사에게 봉급과 약간의 존경을 나타내 봅시다. 그런데 이 모두를 반영하는 강물을 바라봅시다. 결국 강만이 유일하게 존중을 받을 만합니다.

각각의 문명은 하나의 감성에 형상을 부여해 줍니다. 위대한 인간은 화가도 작가도 아닙니다. 그는 이 감성을 최고 전성기로 끌어올릴 줄 아는 자입니다. 자신 안에서 자기 민족의 감성을 세련시키고, 그것을 표현하면서 최고의 기쁨으로 나아가는 것, 이것이 당신들이 우리들 가운데 대가들이라 부르게 될 사람들의 삶입니다.

위대함이 무인(武人)의 위대함이나 고통의 위대함처럼 당신들의 위대함이든, 완벽함의 위대함과 같은 우리의 위대함이든, 그것은 하나의 감정이 우리의 내부에서 일깨우는 감동의 강렬함에서 비롯됩니다. 당신들의 경우 이 감정은 희생의 감정입니다. 감탄은 어떤 행동으로부터 옵니다. 우리의 경우 그것은 다만 가장 아름다운 방식에 따라 존재한다는 의식입니다. 당신들이 예전에 숭고하다고 부른 예술 형태들을 통해 당신들은 어떤 상태가 아니라 어떤 행동을 표현하고 있습니다. 이러한 상태에 대해 우리가 아는 것은 그것이 그것을 소유하는 모든 사람들에게 제공하는 것뿐입니다. 그러나 그 상태, 그 순수성, 영원한 빛 속에 영혼이 해체되는 그 부서짐을 서양인들은 결코 추구한 적이 없으며 그것의 표현도 마찬가지입니다. 지중해가 몇몇 장소들에서 제안하는 그 우수의 도움을 받아서도 추구하지 않았습니다. 그 상태로부터 예술과 인간의 유일한 숭고한 표현, 이른바 고요(sérénité)가 비롯됩니다.

귀하께 인간들에 대해 더 이야기하고 싶지만 아직 작품들밖에 보지 못했습니다.

같은 청년이 같은 청년에게

파리에서

귀하에게,

저는 유럽인들을 만나고 있습니다. 저는 그들의 말을 경청하고 있습니다. 저는 그들이 삶이 무엇인지 이해하지 못하고 있다고 생각합니다. 그들은 악마를 꾸며냈습니다. 저는 이런 창안을 한 그들의 상상력에 감사드립니다. 그러나 악마가 죽은 이후로 그들은 무질서의 가장 높은 신(神)인 정신에 사로잡혀 있는 것 같습니다.

당신들의 정신은 매우 특이한 방식으로 이루어졌기 때문에 당신들은 삶에 대해서 단편적인 파편들만을 생각해 냅니다. 끊임없이 당신들은 하나의 목표를 향해 가고 있고, 이 목표 쪽으로 당신들은 전적으로 끌리고 있습니다. 당신들은 무찌르고자 합니다. 당신들은 당신들의 가련한 승리들 아래서 무엇을 발견합니까?

우리 중국인들은 우리의 삶을 그것의 전체로만 이해하고자 합니다. 우리가 이 전체를 알 수 있기 때문이 아닙니다. 우리는 이 전체가 우리의 행위들 각각을 초월하고, 초월하게 되어 있다는 것을 알고 있습니다. 당신들은 오래된 스케치들 가운데 팔을 그린 데생을 만나지만, 그것의 모델을 한 여자에 대해서는 아무것도 모른 채 그것이 손에 의해 연장되었다는 것을 압

17

니다. 그렇듯이 우리는 각각의 행위의 중요성이 어떠하든, 그 행위 다음에도 아직도 숨겨진 어떤 삶이 그것의 무수한 갈래들을 제안하고 있다는 점을 알고 있습니다. 삶은 일련의 가능성들이며, 우리의 즐거움이나 우리의 은밀한 경향은 이런 가능성들 가운데서 선택을 하고 장식을 하는 것입니다……. 우리는 우리의 뇌를 자신의 놀이, 즉 세계의 끊임없는 변화를 관람하는 관객으로만 삼고자 합니다. 저는 당신들이 이것을 헛수고라고 생각하리라는 것을 알고 있습니다. 그러나 한편으로 세련된 정신이 세계로부터 훔칠 수 있는 모든 것이 이루는 그림자의 유희, 그리고 다른 한편으로 세계가 이 정신에 낮은 목소리로 제안하는 것은 문명인이 부끄러움 없이 흥미를 느낄 수 있는 유일한 광경이라고 생각됩니다.

물론 제가 아무리 노력을 기울여도 당신들만큼은 어떤 행위를 의식할 수 없을 것입니다. 저의 감성은 저의 정신이 정신 자체를 제한한다는 사실에 대립합니다. 저는 여기서 현실에 대한 욕망을 보는 것이 아니라 감성의 어떤 악덕을 볼지도 모릅니다. 삶의 연속이 미래에 있다고 해서, 이 연속이 덜 현실적입니까? 당신들이 당신들을 동요시키는 어떤 행위들에 중요성을 부여하는 것은, 당신들이 그것이 약화된다는 것을 이해할 줄 몰랐기 때문입니다. 이런 중요성은 당신들로 하여금 당신들의 개별적 존재를 끊임없이 믿게 만드는 하나의 종교에 의해 어쩌면 잘못 준비된 부주의한 지성으로부터 오는 것이 아닐까요? 당신들은 힘에 당신들의 삶을 바쳤습니다. 당신들은 당신들 자신을 당신들의 행동과 혼동하고 있습니다. 당신들의 사유까지도 ……. 존재하기 위해서는 행동하는 것이 필요하지 않으며, 당신들이 세계를 변모시키기보다는 세계가 당신들을 더 많이 변모시킨다는 사실을 당신들은 아직도 거의 이해하지 못하고 있습니다⋯⋯.

행동이든 사유이든 우리가 집착하는 모든 것에 시간이 부여하게 되는 계속적인 양상들 가운데서 우리는 우리의 감성과 순간의 암시들에 따라 선택할 수 있기를 원합니다. 바로 이와 같은 지속적인 변화 가능성이 그것의 불확실하면서도 다양한 절대적 지배력을 중국에 펼쳐내고 있습니다. 바로 이 가능성으로부터 우리가 추구하는 그 미묘한 전율이 비롯됩니다. 당신들은 참으로 많은 도매상인들이 종업원들 가운데 알 수 없는 어떤 못된 자에 맞서면서 거래를 하다 손해를 보고 자신들의 자리를 적에게 내주고, 그런 다음 오랜 시간이 흐른 후에 다시 시작해서 돈을 벌고, 그들이 단념했던 경영을 다시 시작하는 것을 보지 않았는지요! 당신들은 그들의 얼굴에서 어떤 가벼운 회한 같은 것을 겨우 확인할 수 있었습니다. 그들은 미지의 어떤 삶이 주는 고통스러운 순간들에 심각성을 부여할 수 없지만, 그것들의 현실을 느끼고 아마 머지않아 행운이 그것들을 물리쳐주리라 생각합니다.

당신들은 세계를 불안으로 가득 채웠습니다. 당신들은 죽음에 참으로 비극적인 형상을 부여했습니다! 유럽의 대도시에 있는 묘지는 저에게 끔찍한 감정들을 불러일으킵니다. 저는 어떤 말없는 새가 친근한 무덤들의 묵상적인 고요를 지배하고 있는, 사자(死者)들의 울타리 쳐진 터전에서 당신들이 오늘날 어쩌면 느끼게 될 감정들에 대해 생각합니다⋯⋯.

사자들의 땅, 애정이 가득 배인 저 땅에서 올라오는 것은 우리가 보기에 고통과 두려움이라는 두 가지 감정뿐입니다. 당신들의 대중적인 이야기들에서 죽음은 공포의 상징입니다. 수많은 익살스런 모습을 띤 푸르고 노란 악마들, 애무를 받으면 등짝이 커다랗게 되는 용들, 아시아인의 죽음이 끌고 가는 그 장례 행렬이 위용을 흩뜨리지 않은 채 드러내는 그 모든 순한 괴물들, 그 모든 것들은 당신들에게 얼마나 멀리 있는지요!

왜냐하면 유럽인들이 중국에서 식별해 낸다고 생각했던 죽음의 그 한결같은 영향은 환상과 광기에 불과하기 때문입니다. 우리가 불경이라 생각하지 않고 토끼들이 살도록 놓아두고 있는 그 무수한 묘는 죽음에 대한 당신들의 감정과는 아무런 공통점이 없는 감정을 우리의 내부에서 강화시켜 줍니다. 그것은 근엄한 애정입니다. 또한 그것은 나 자신이 자신에게 한계지어지지 않았다는 의식이고, 행동의 수단이라기보다는 하나의 장소라는 의식입니다. 우리들 각자는 죽은 자들을 경배하며, 죽은 자들은 우리를 둘러싸고 있는 어떤 힘의 상징들입니다. 비록 우리 각자가 이 힘에 대해 아는 것이라고는 그것의 존재뿐이지만, 그것은 삶의 방식들 가운데 하나입니다. 그러나 우리는 이 존재를 **경험적으로 느낍니다.** 우리가 이 존재를 포착할 수 없는 가운데 그것은 우리를 지배하고 우리를 빚어냅니다. 우리들은 인간들이고 당신들은 기하학자들이기에 그것은 우리 내부로 침투합니다, 신성에 대해서조차도……. 시간에 대해 말하자면 당신들은 그것을 만들지만, 우리들의 경우는 시간이 우리를 만듭니다.

같은 청년이 같은 청년에게

파리에서

귀하에게,

  귀하의 조언을 따랐습니다. 저는 로마에서 상당히 긴 시간을 보내고 왔습니다. 저는 방치된 골동품 같은 아름다운 정원, 로마의 마지막 신이 당신들이 스타일이라 부르는 다소 경직된 조화를 선물한 그 정원의 매력을 강렬하게 느꼈습니다. 그러나 유럽이 감추고 있는 가장 강력한 명상 주제들 가운데 몇몇이 그 정원에 숨겨져 있다 할지라도, 저는 귀하께 고백하건대 보다 고독한 많은 도시들이 지니고 있는 그 영혼을 거기서 발견하지는 못했습니다. 이런 부재는 저를 슬프게 할 정도까지 실망시켰습니다. 하지만 저는 그 풍경에 감동되는 방법을 조금씩 배웠습니다. 그 풍경 속에서 고대에 대한 추억들은 무한한 공허에 질서를 부여하려고 헛되이 시도하고 있었고, 사원들은 초자연적인 것들로 넘치는 초라한 예배당들과 부서진 기둥들로 이루어진 궁정으로 둘러싸여 있었습니다. 그러나 저는 우리가 보기에 예전에 선택된 장소들의 모든 가치를 만들어 주는 그 감정을 발견하는 방법을 배울 수는 없었습니다.

  오래된 로마의 영혼, 저는 그것을 3세기의 세월이 가져다 준 수많은 관능적 형상들에서 찾아보려 했습니다. 예컨대 값진 천들 아래 있는 고대의 토르소 같은 것 말입니다. 저는 드높은 정신을 가진 자들이 그들의 꿈들에 대해 쟁취한 승리에 의해 초대받아 그곳에 갔습니다. 그러나 결국 제가 먼저 발견한 것은 시원한 물이 가져다 주는 즐거움과 그 물을 거리들에 분배하는 형태들뿐이었습니다. 태양은 그 거리들의 오래된 돌들을 석화시키고 있었습니다. 어두운 위대함으로 가득한 그 영혼의 목소리는 분수들의 노래로 뒤덮여 있었습니다. 예전에 책들은 나에게 이 분수들의 매력을 가르쳐 주었고, 당신들의 신들과 청동 트리톤들[7]이 지닌 정열적인 충동은 이 신성한 도시에 의미를 부여해 주었으며, 거리마다에는 베르니니[8]의 관능적인 그림자가 어둠 속에 감추어져 있었습니다…….

 카르타고의 땅임을 지시하는 몇몇 벽면들보다 저를 더 실망시켰으면서도 어쩌면 더 유혹했던 것은 주랑들과 노점들, 꽃 장식을 한 기둥들과 가게들의 그 결합이었고, 광장의 폐허가 유명한 돔들이 지배하는 낭만적 가옥들을 배경으로 펼쳐진 그 거대한 공간이었습니다. 하드리아누스 궁[9]으로부터 테베레 강을 따라 그 많은 훼손된 아름다운 작품들을 감추고 있는 골동품 상점들에 이르기까지, 또 장식된 거울들이 의지의 석재 상징물들을 반영하는 과자점들에 이르기까지, 모든 것은 당신들이 당신들의 법을 요구했던 이 도시를 무질서의 이미지 자체로 만드는 데 기여하고 있습니다. 그 석조 건물들에 결합된 시간

---

 7) 사람 얼굴에 물고기 몸을 한 바다의 신들을 말한다.
 8) 조반니 로렌초 베르니니(1598-1680)는 바로크 시대 로마의 화가 · 조각가 · 건축가로서 그의 설계에 따라 많은 분수들이 세워졌으며, 조각 작품 《성녀 테레사의 환희》가 유명하다.
 9) 아마 티볼리 근처에 126년부터 하드리아누스 황제에 의해 건축되었던 하드리아누스 빌라를 말하는 것이라 생각된다.

은 그것들의 퇴색한 영광을 지중해의 그림 같은 풍경의 한계로 귀결시키는 즐거움을 누리고 있었습니다. 그리하여 익살스러운 서구적 시간의 너무도 명철한 그 유희 앞에서 때때로 저는 로마의 추억이 알렉산드리아의 추억과 뒤섞이는 것을 보곤 했습니다. 사치와 저속성, 아침 햇살 속에 드러나는 우상들, 방대한 광장들에 있는 거친 백인 군중들 말입니다. 그러나 거의 검은색의 초록빛 얼룩이 진 아치들 곁에서, 민중들이 그늘에서 잠자고 있는 보도 없는 작은 광장들 한가운데 망각된 기둥들 옆에서, 또 인적이 없는 거대한 콜로세움 옆에서 저는 당신들 가운데 많은 사람들이 이곳으로 경청하러 오는 제국의 그 부름을 듣게 되었습니다. 석양이 불규칙한 바다를 잠시 채색하듯이, 그 부름은 나의 산만한 사유들을 결합시켰습니다.

저는 이렇게 생각했습니다. "자신이 황제가 아니라면 힘 앞에서 고무되는 게 무슨 소용이 있는가? 위대한 제국은 아름다운 것이지만 그 제국의 추락도 역시 아름답다. 이 도시는 지배하기 위해 봉사하는 방법을 가르치고 있다. 거친 병사들의 가르침을! 이곳을 지배하는 이상을 하나의 인종 전체가 받아들이는 그 수용에는 무언가 천박하고 저속한 게 있다. 그토록 많은 사람들이 이 정도로 예속되어 있다는 사실이 나를 화나게 만든다……. 봉사를 해야 하는 것은 내재적 힘이며, 그것의 봉사 대상은 그것의 질서잡힌 알레고리보다 더 고도한 스승이다. 또다른 야만인들인 저 티무르[10]와 알렉산더의 타오르는 불꽃 속

---

10) 티무르(Timur: 별칭은 Timur Lenk. 터키어로 '절름발이 티무르'란 뜻, 1336-1405)는 몽고의 힘을 무너뜨리고 사마르칸드를 수도로 하는 티무르 제국을 건설한 인물이다.

에서 내가 간파하는 것은 진정 허약함이며, 나는 그들의 지배된 용기에 대한 경의를 저 눈부신 강에 바치는 제국의 그림자들을 이런 불꽃보다 더 좋아한다. 내가 질서를 받아들일 정도로 겸손해야 한다면, 나는 그 질서가 나를 위해 만들어졌기를 바라는 것이지, 내가 질서를 위해 만들어진 것은 바라는 바가 아니다……."

저는 이런 생각이 불러일으키는 슬픈 미소를 지으며, 수박 장수들이 진열대들을 펼치고 있는 좁은 거리들을 통해 되돌아왔습니다. 돌아오면서 저는 당신들한테 로마의 영혼 전체를 그것이 한 세기 동안에 드러낸 찬란한 힘 속에 소멸하게 하고, 어설픈 병치들을 토대로 전망들을 재구성하게 만든 내재적 힘의 그 씁쓸한 미덕에 대해 생각해 보았습니다. 저는 또 이렇게 생각했습니다. "나는 다음과 같은 구절이 무엇을 말하는지 잘 이해한다. '자신을 희생시키는 자는 자신을 바친 명분의 위대함에 참여한다.' 그러나 내가 이 명분에서 보는 위대함이라곤 그것이 희생을 통해 얻는 위대함뿐이다. 명분은 지성이 없다. 그것이 지배하는 인간들은 그것을 받든 주든 운명적으로 죽게 되어 있다. 강력한 힘을 드러낸다고 해서 야만성이 덜 야만적인가?" 그리하여 그 폐허가 저에게 강제한 것은 그것의 불순하고 무질서한 고귀함뿐이었습니다……. 오 사마르칸드의 메마른 평원이여, 그곳에는 한 이름의 존재, 그리고 순수한 하늘을 배경으로 세워진 회교 사원의 두 첨탑이 가장 고도한 비극적 감정을 만들어 내고 있습니다!

유감스럽게도 그곳 로마에서 저는 할 수만 있다면 저의 민족이 고통스럽게 필요로 하는 힘을 발견하고자 했습니다. 그런데 저는 그 힘의 가장 아름다운 이미지 앞에서 저의 혐오를 감출 수가 없었습니다…….

같은 청년이 같은 청년에게

파리에서

귀하에게,

저는 귀하에게 다시 로마에 대해 말하고자 합니다. 로마와 아테네는 제가 그 두 곳을 떠난 이래로 저의 내부에서 살아 있으며, 제가 들으러 갔던 것과는 다른 이야기를 쏟아내면서 저로 하여금 여전히 귀를 기울이지 않을 수 없게 만들고 있습니다. 두 도시에 생명력을 부여하는 것은 저의 추억들보다는 제가 유럽에서 목격하고 있는 것입니다. 제가 귀하에게 아테네에 대해 언급하지 않은 것은 그곳에서 불확실성만을 발견했기 때문입니다. 제가 그곳에서 끌어내고 싶었던 것은 제 안에서 분명해지고 있었습니다. 저는 기다렸지요. 새로워진 도시에서 가벼운 후추나무들의 매력이 현대적인 기념비적 건축물들이 저에게 가져다 준 불쾌감을 가까스로 완화시켜 주었습니다. 저는 그 고대의 도시로부터 페르시아적인 새로운 순수성이 드러나기를 기대했는데, 그것은 월계관을 쓴 민중의 상징을 보여줌으로써 저를 당황케 했습니다. 그러나 제가 이 여행을 하는 동안

얻었던 모든 착상들 가운데는, 모호한 연결을 통해서 그 부서진 기둥들과 그 가혹한 지평선에 결부되지 않은 것은 없었으며, 내밀하고 고요한 그 작은 아크로폴리스 박물관을 상기시키지 않은 것은 없었습니다. 박물관에는 늙은 그리스 군인이 제가 오늘날 알고 있는, 서양의 가장 훌륭한 상징인 몇몇 석상들을 보여주었습니다. 그는 그것들을 사랑했습니다. 그는 수수한 수집가처럼 그것들을 애무했습니다. 그러나 그는 그것들보다는 여신의 올리브나무를 더 좋아했고, 적당한 팁을 주자 올리브나무 가지 하나를 저에게 주었습니다. 영원한 아름다움은 존재하지 않는 이상, 순수했고 매력적이 되었던 행렬, 그 아름다움들의 행렬은 머지않아 보다 높은 그림자들에 의해 지배될 것입니다. 그러나 당신의 백인종 가운데 가장 위대한 정신들이 자신들의 존재에 대한 선명한 이미지를 이곳에 찾으러 온다는 것은 여전히 당연합니다. 자신을 분명하게 알고자 열망하는 명철한 아름다운 영혼들의 방문, 이보다 더 장엄한 경의를 죽은 자들에게 바칠 수 있을까요?

그렇지만 이와 같은 조화는 빈곤하며, 이런 순수성은 인간적인 것에 불과합니다. 조금 전에 제가 전 세계를 통해 보았던 형태들 사이에서 그 초라한 박물관을 상기했을 때, 눈을 뜬 청년의 두상이 그리스인의 천재성에 대한 암시와 알레고리처럼 저에게 강제되었습니다. **하나의** 인간적 삶이 지닌 지속과 강도에 따라 만물을 평가한다는 발상 말입니다. 이 미지의 얼굴 아래 당신들은 오이디푸스의 이름을 새겨 놓지 않았습니까? 그의 이야기는 당신들의 모든 능력들에 대해 스핑크스와 벌이는 투쟁입니다. 용, 스핑크스, 날개 달린 투우 같은 괴물은 동양을 비추는 거울들 가운데 하나입니다. 그러나 또한 그것은 그리스가 축소하려고 시도했던 그 영혼의 부분을 비추는 거울입니다. 그 래서 그것은 인간들이 사유가 그들에게 줄 수 있는 것보다 더 많은 것을 삶에 요구할 때마다 세월 속에 다시 나타납니다. 그 것은 테베에서 죽었지만 이집트와 소그디아나[11]에서, 그리고 인 도의 국경에서 다시 태어났습니다. 이 국경에서 이번에 그것은 저 고통스러운 오이디푸스를 정복했습니다. 알렉산더가······.

단 하나의 삶만이 있었습니다. 아시아인인 저에게 그리스의 모든 천재성은 이러한 관념 속에, 그리고 이 관념에 종속된 감 성 속에 있습니다. 여기에는 신앙 행위 같은 것이 있습니다. 기 독교인은 인간이 신과 연결되어 있다고 생각하고, 우리는 인간 이 세계와 연결되어 있다고 생각하듯이, 그리스인은 인간이 세 계와 별개라고 생각합니다. 모든 것은 그리스인 자신과 관련되 어 질서가 잡힙니다. 그리스인의 신들이 나타내는 특징, 즉 그 들을 지배하는 특징은 그들이 인간적이라는 점이 아니라 그들 이 인격적이라는 점입니다. 인간의 중요성, 인간이 도달할 수 있는 완벽함, 우리는 그것들을 그리스인만큼 알고 있습니다. 그러나 우리는 세계를 전체로서 생각했고, 세계를 구성하는 내 재적 힘들과 인간적 운동들에 똑같이 민감했습니다. 그리스인 들은 인간을 **하나의** 인간으로, 태어나 죽는 하나의 존재로 생 각했습니다. 우리네 사상과 감성으로 볼 때 삶의 흐름은 청춘 기·장년기·노년기라는 분할 이외의 다른 중요성을 지니지

---

11) Sogdiana는 현재 우즈베키스탄에 해당하는 중앙아시아 지역에 있는 한 지방의 옛 이름이다.

못하는데, 당신들의 사상과 감성에서는 그렇지 않습니다. 그것은 그들에게 우주의 주요 요소가 되었습니다. 세계의 한 조각이라는 의식, 이것을 저는 거의 느낌이라고 말하고 싶은데, 이 의식은 인간에 대한 모든 추상적 개념에 필연적으로 선행합니다. 그런데 이 의식에 그리스인들이 대체한 것은 오직 정열적인 이미지들만이 인간과 바다에 대한 이미지들이 되었던 상서로운 대지 위에 살아 있는 총체적인 별개의 존재라는 의식이었습니다. 거의 적나라한 그 풍경들로부터 당신들의 모든 이미지들을 굴절시키러 오는 것은 하나의 사상이라기보다는 특별한 감성입니다. 여기서 서양은 미네르바의 엄격한 얼굴, 그의 무기들, 그리고 그의 미래의 발광과 더불어 태어납니다. "우리의 내부에서 올라오는 그 열정은 우리 자신이 소멸되도록 준비한다"[12]고 당신은 말합니다. 그런데 당신들을 태우는 그 열정은 창조를 한다고 합니다. "지하에서 잠자고 있는 용들을 평화롭게 내버려두는 게 현명하다"고 우리 나라의 마법사들은 암시합니다. 스핑크스가 죽고 난 후, 오이디푸스는 자기 자신에게 덤벼듭니다⋯⋯.

로마에서 그리스의 징후가 발견되었을 때, 로마는 이제 더 이상 제국의 무덤이 아니라 더없이 거대한 연민이 서서히 내재적 힘으로 귀결되는 유일한 장소가 됩니다. 개인이 찬양되든 관찰되든, 7개의 언덕[13]은 그에게 굴복하라고 가르치게 됩니다. 부서진 대리석들이 가득한 그 두 땅에서 올라오는 탐욕적

---

12) 여기서 우리는 중국인들을 말한다.
13) 로마에 있는 7개의 언덕을 말한다.

인 목소리와 오만한 목소리의 대화에 귀를 기울이는 것보다 당신들의 문명과 이 문명의 리듬을 보다 잘 이해할 수 있을까요? 로마라는 도시에서 고관을 선도하는 하급 관리들을 만나는 일은 즐거웠습니다. 이들의 천재성은 위압적인 도끼에 한 다발의 막대기를 고정시키는 데 발휘되었습니다. 또 그리스의 사원들로부터 내부 기둥들이 비롯되는 그 많은 교회들을 만나는 일도 즐거웠습니다. 저는 그 도시에서 기독교의 두 목소리를 들었습니다. 하나는 하느님의 영광을 찬양했습니다. 다른 하나는 신에게 암암리에 질문하고 있었습니다. 후자는 인간을 세계와 분리시키면서 그를 긍정하는 그 자신의 힘들——지배력에서 관능성까지——의 의식에 대한 의식을 더 이상 그에게 주려고 하지 않았습니다. 그 목소리는 그의 망설임과 회한에, 그의 삶을 구성하는 투쟁에 최고의 중요성과 강도를 부여했습니다. 그것은 그것들에 하느님을 결부시켰습니다. 책임이 없는 동양인은 그 자신을 쟁점으로 하지 않는 갈등을 넘어 상승하려고 노력합니다. 기독교도는 이런 갈등과 **결코** 분리될 **수 없습니다**. 이제 신과 그는 서로 결부되어 있고, 세계는 그들의 갈등이 드러나는 헛된 배경에 지나지 않습니다. 그리스인들의 그 지적 고뇌에, 그들이 삶에 인간적 의미를 부여하려 노력하면서 발견했던 그 순수한 불안에, 당신들의 불안과 장님 같은 당신들의 몸짓이 합류합니다. 신은 격렬한 감동들을 통해서 당신들에게 자신의 존재를 드러내고, 이런 감동들에 질서를 부여함으로써 당신들은 신으로 향합니다. 향합니다……. 당신들에게 신은 상태입니다. 반면에 우리에게 신은 리듬입니다.

같은 청년이 같은 청년에게
중요하지 않은 편지에 대한 답장

파리에서

귀하에게,

아닙니다, 우리의 민중적 믿음은 잔인한 정열들뿐 아니라 모든 정열들에 생명력을 부여합니다. 저녁 때 논에서 올라오는 그 흐릿한 형태들, 혹은 파고다의 지붕을 장식하는 도자기 물고기들 뒤에 감추어져 있는 그 흐릿한 형태들, 충직하면서도 심술궂은 개처럼 축축한 도로들을 따라 당신들을 동반하는 형태들은 정열들입니다. 그것들은 당신들로부터 태어나 당신들을 떠났다가 세계에 걸쳐 있는 무수한 다른 정열들과 합류하러 갑니다. 무거운 물방울들이 비를 머금은 망고나무들에서 뚝뚝 떨어지는 동안, 이런 정령들[14] 가운데 얼마나 많은 것들이 안개가 자욱한 숲에서 올라오는 소리를 만들어 내기 위해 가을의 대지 위에서 함께 속삭이는가…!

저는 당신들 백인들이 자신들의 정열들 앞에서 드러내는 허약함에 놀랄 수 없습니다. 그들이 시간을 생각하고 느끼는 방식, 그들이 그들 자신에 대해 지닌 관념 등 모든 것은 그들을 그런 허약함으로 몰고 가고 있습니다. 사랑은 그 어떤 것보다

---

14) 정열들을 표현한다.

저의 흥미를 끌고 있습니다. 저는 한 인간이 무엇이 될 수 있는지 탐구하기를 좋아했습니다. 저는 오늘날 이런 일을 더욱 좋아하고 있습니다. 왜냐하면 제가 유럽에 대해 느끼는 반감이 유럽에 대항해 나를 항상 방어하게 하지는 않기 때문입니다. 또 저 역시 저의 이미지를 추적하고 싶은 호기심이 생겼기 때문입니다. 설사 이 이미지를 버려야 한다 할지라도 말입니다. 당신들을 쳐다보지 않고 어떻게 저 자신을 발견한단 말입니까? 그래서 당신들을 따라갈 수 없음을 아쉬워하면서 저는 당신들이 사랑 속에 다소간 소멸하는 것을 바라봅니다. 소멸하기 위해서는 자기 자신을 믿어야 합니다.

　당신들은 당신들이 거의 일반적인 일치를 통해 현실이라고 부르는 것에 지나친 중요성을 부여하고 있다고 생각됩니다. 이런 일치를 통해 창조된 세계, 다시 말해 부정하려면 큰 용기가 필요하기 때문에 당신들이 받아들이는 이런 세계가 당신들을 무겁게 짓누르고 있습니다. 당신들의 사회 질서에서 정열은 교묘한 균열처럼 나타납니다. 우리 민족이 어떠하든, 우리는 우리가 준비된 세계들 속에 살고 있다는 것을 알고 있습니다. 그러나 우리가 지닌 심층적 욕구들의 부름이 그것들이 지닌 임의적인 것을 보여줄 때, 일종의 야생적 즐거움이 우리들 모두에게 침투합니다. 정열적 인간은 그가 감내하는 세계와 불화 속에 있듯이, 그가 이해한 세계와 불화 속에 있으며, 그가 정열을 예견한다는 점은 이런 현상에 아무런 변화를 줄 수 없습니다. 사랑하고자 하는 인간은 자신으로부터 벗어나고자 하지만 이는 대수로운 게 아닙니다. 그러나 사랑받고자 하면서도 자신을 위해 다른 존재로 하여금 그런 합일에의 예속을 상실케 하고자 하는 남자나 여자는 매우 강력한 어떤 필연성을 따른다고 생각되기 때문에 저는 거기서 다음과 같은 확신을 발견합니다. 즉 **자기 삶의 커다란 움직임들을 지배하는 유럽인의 중심에는 본질적인 부조리가 자리잡고 있다는 것입니다.** 당신은 그렇게 생각하지 않습니까?

저는 잠시 편지 쓰는 일을 멈추었습니다. 이런 문제가 저를 사로잡고 있기 때문입니다. 즉 대체 당신들은 당신들이 여자들의 영혼이라 부르는 것 속에서 무엇을 점령하려 하는가? 여자들이 기독교도였을 때, 그녀들은 자신들의 종교를 희생시켰습니다. 그 뒤에 그녀들은 자신들의 판단을 희생시킵니다. 이러한 갈등은 오늘날 더욱 힘겨워지고 있습니다. 왜냐하면 이 판단에 감성을 희생시킨다는 것은 불가능하기 때문입니다. 이 판단은 유럽에서 약화되고 있는 것 같습니다…….

저는 당신들이 느끼는 정열들이 그것들의 대상에 유리하게 세계를 조직하는 것보다 그것들이 당신들을 더 분해시킨다고 생각합니다. 그것들은 가치들에 작용하는 것이 아니라 사물들의 존재의 강도에 작용합니다. 질서 있는 정돈은 정신의 왕국에만 속하며, 바로 여기에 당신들의 드라마가 있습니다. 당신들의 정열들 가운데 그 어떤 것도 사랑만큼 금수(禽獸)를 애무하고, 그런 다음 그것을 일깨우지 않습니다. 제가 당신들의 고통을 정복의 고통과 분리하려고 노력할 때, 저는 가끔 괴로움이 가득 찬 통일성의 탐구를 목격하고 있다는 생각이 듭니다. 저는 당신들의 종교가 세계의 근본적 무질서에 대한 고양된 의식을 토대로 세계를 탐구하는 방법을 가르쳐 주었다는 것을 잊지 않고 있습니다.

유감스럽게도 이 모든 것은 탐구에 불과합니다. 저는 중국에 대해 큰 이점은 없지만 몇몇 차이점들을 상기시킨 바 있습니다. 다음과 같은 방패막이들과 약간의 고찰을 소개하고자 합니다.

여자는 예술 작품처럼 아름다움을 줄 수 있고 꽤 관심을 끌 만한 대상이며, 어떤 의무들을 수행하도록 운명지어져 있습니다. 아녀자가 되어야 한다면 여자는 자식을 많이 낳고 충절을 지켜야 합니다. 그녀가 첩이 되어야 한다면 아름다워야 합니다. 그녀가 기생이 되어야 한다면 능란해야 합니다. 그녀가 선정적인 것은 바람직하지 않습니다. 그녀가 남편을 섬기는 데 능숙하거나, 정인에게 유쾌하게 다양한 오락거리를 베푸는 데 능숙하면 됩니다. 우리가 여자에 대해 지닌 관념은 그녀에게 개별적 인격을 부여하는 것을 막지 않습니다. 어떻게 젊은이가 한 번도 본 적이 없고, 부모가 10세에 점지해 준 처녀를 사랑할 수 있겠습니까? 한 여인이 한 남자에게 불러일으킬 수 있는 정열, 우리의 작가들은 언제나 그것을 결혼과 별개로 나타냈습니다. 왜냐하면 마법적인 작용의 결과이기 때문입니다. 그런 정열 때문에 괴로워하는 남자는 그것을 받아들이거나 그것에 대항해 싸웁니다. 그것은 언제나 수동적이 됩니다. 치명적인 질병처럼 그것은 변함없으며 희망이 없습니다. 소유도, 상호적이라는 확신도 그것을 약화시키지 못합니다. 운명의 옆구리에 난 영원한 상처를 꿰매는 일은 남자들의 역량을 넘어서는 것입니다……

첩과 기생의 역할들은 항상 노련한 솜씨와 주의를 요구하지만 때로는 지성을 요구합니다. 그러나 모든 개인적인 흔적이 나타난다면 흠으로 간주될 것입니다. 우리가 서양에서 보는 사치스러운 사창가는 항상 우리를 놀라게 합니다. 유럽이 간직한 야만적인 부분이 이런 정도로 우리를 예민하게 하는 곳은 별로 없습니다. 한 인간이 지닌 모든 관념들 가운데 어떤 것이 쾌락에 대한 관념보다 그의 감성을 보다 잘 드러낼 수 있겠습니까? 이런 것들을 토대로 유럽에 대해 판단한다면 우스꽝스럽다는 것을 모르는 바 아닙니다. 그럼에도 (…) 여자들이 다만 아름답기 때문에 그녀들에게 흥미를 느끼고, 그녀들을 욕망한다는 것은 그야말로 상스러움의 징표가 아니겠습니까! 중국에서 다소간 품격이 있는 기생이라면 모두가 교양이 있으며, 그녀가 베푸는 쾌락들을 자신이 정신에서 얻는 쾌락들로 치장할 줄 압니다. 책을 읽는 것은 언제나 책을 읽는 것입니다. 그러나 좋은 책들도 있고 나쁜 책들도 있으며, 멋진 장식들도 있고 보잘것 없는 장식들도 있습니다. 기생의 그 배려들이 가치가 있기 위해서는 그녀가 교양이 있어야 하며, 그것들이 가치를 보존하기 위해서는 그녀가 재간이 있어야 합니다. 작품을 만드는 장인들의 자질들과 유사한 그런 교양과 재간은 그 어떤 것보다 개인적인 성격을 띠고 있습니다. 우리가 여자들에게 요구하는 미덕들은, 우리가 한 남자에게서 만나는 멋의 미덕들과 동일한 것입니다. 그래서 가장 인기가 있는 기생들은 12년 내지 15년의 공부를 통해 준비된 청년들 앞에서 거의 언제나 경의를 표하여야 했습니다…….

어떤 여자가 자신이 지닌 유일한 것을 통해 당신에게 충격을 준다는 것은 분명합니다. 당신은 당신으로 하여금 다른 여자가 아니라 이 여자를 사랑하게 만드는 것이 무엇인지 어떻게 찾을 수 있겠습니까? 그것은 아름다움이 아닙니다. 못생긴 여자들도 사랑을 받기 때문입니다(더구나 한 여자의 아름다움은 오만의 계기가 될 수 있을지언정 감정적 즐거움의 약속은 결코 되지 못합니다). 현실적인 약속으로서 유일한 것은 얼굴·목소리·육체의 표정입니다. 그것들은 즉각적인 유혹들을 설명해 주고, 심지어 알려진 영혼이 얼굴에 나타내는 것은 망각된 약속들뿐이기 때문에 그 효과가 조금씩 사라지는 유혹들까지도 설명해 줍니다. 이 영혼은 남자가 필요로 하거나 욕망하는 감정들을 제시함으로써 그를 감동시킵니다. 관능성으로부터 고통까지 우리들 거의 모두를 감동시키는 감정들이 있습니다. 다른 감정들은 보기 드문 은밀한 허약성들에만 부합하며, 그러기에 그것들의 작용은 더욱 심층적입니다.

중국의 처녀들과 젊은 여자들은 특별한 표정을 통해 자신을 드러내려고 하지 않습니다. 그녀들의 머리 모양새와 연지, 작은 눈은 그렇게 하는 데 기여하며, 그것도 어쩌면 그녀들의 얼굴보다, 그녀들의 존재가 나타내는 비어 있음보다 더 기여할 것입니다. 고급 기생들과 일본의 게이샤들만이 때때로 예외적이 됩니다. 그런 만큼 그녀들은 우리가 지닌 모든 애정 이야기들의 여주인공들입니다. 우리의 대학에 여자들이 받아들여지고 그녀들이 전통을 더 이상 수용하지 않게 된 이후로, 남학생들은 당신들이 사랑이라 부르는 그 감정에 극도의 관심을 품게 되었습니다. 그들은 당신들이 일련의 성적 쾌락들을 사랑과 혼동하고 있음을 유감스럽게 바라보고 있으며, 이런 쾌락들에 대한 당신들의 담론들은 무지와 순짐함으로 가득 차 있다고 생각합니다. 왜냐하면 그들은 당신들이 상상력으로부터 끌어낼 줄 알았던 귀중한 효과들을 모르고 있기 때문입니다.

당신들의 책들을 읽는 중국 청년들이 우선 놀라는 것은, 당신들이 책에다 여자들의 감정들을 이해하도록 배려하고 있다는 그 주장입니다. 그들이 생각할 때, 그런 노력은 무시받아 마땅할 뿐 아니라 필연적으로 성공할 수 없다는 것입니다. 남자와 여자는 서로 다른 종들에 속합니다. 당신은 새들의 감정들을 설명하러 오겠다는 작가에 대해 어떻게 생각하시겠습니까? 그가 자신의 감정들을 변형시킨 것을 당신에게 제안한다면 말입니다. 이것이 우리가 여자의 감정들에 대해 이야기하는 작가에 관해 생각하는 바입니다. 그러나 그런 시도로부터 유럽 여자의 힘이 비롯됩니다. 당신들은 당신 어깨에 놓기 위해 그녀의 손을 잡는 것 같습니다. 그녀가 당신의 흥미를 끄는 것은 그녀가 당신을 사로잡기 때문입니다. 그러나 그녀로 하여금 당신을 사로잡게 만들도록 노력하는 것은 당신 자신입니다. 당신이 그녀를 이해하려고 노력하는 정도에서 당신은 그녀와 일체가 됩니다.

저는 당신의 친구 G. E.라는 분의 몇 마디 말을 기억합니다. 그는 시리아에서 왔습니다. 우리는 여자들에 대해 이야기했습니다. 왜냐하면 며칠 전부터 나는 줄곧 여자들에 대해 생각하고 있기 때문입니다. 그는 이렇게 말했습니다. "나는 내가 방문했던 첫 회교도 지방들의 여자들이 내 안에서 일깨웠던 느낌들에 놀라움을 금치 못했습니다. 나는 차도르를 쓴 그녀들이 하녀들을 대동한 채 작은 걸음걸이로 거리를 지나가는 것을 보았지요. 그녀들의 그림자는 높은 성벽을 따라 서서히 전진했고, 그 높은 성벽은 붉은 총안들의 경사진 선을 하늘에 새기고 있었습니다. 호기심이 발동해 나는 그녀들이 얼굴을 가리는 데 기울이는 정성이 내 안에서 야기하는 그 관능적 동요를 분석했습니다. 나는 내가 그녀들 각자에게 부여했던 느낌들이 완화되어 느껴졌다고 생각합니다. 그러나 내가 체험한 이 느낌들은 변했습니다. 왜냐하면 그것들은 그녀들의 것들이 아니었고, 남자들의 느낌들을 안다고 생각되는 한 여자의 느낌들, 다시 말해 갑자기 여자로 변모된 한 남자의 느낌들이었기 때문입니다 ……." 저는 대상에 예속되는 당신들의 감성이 세계의 형태들을 그려내면서, 그리고 사유를 벗어나면서 취하는 형태와 이 대상 사이의 그 차이를 끊임없이 재발견합니다. 서구적 사랑이 그것의 힘과 복잡성을 끌어내는 진원지는 당신들이 사랑하는 여자와 의지적이든 아니든 동일시되어야 한다는 그 필연성입니다. 이 필연성에 연결된 것은 사랑이 필연성 속에 함축하는 결합, 애정어린 공감과 에로틱한 쾌락의 그 결합입니다. 사람들은 투쟁이 없이는 하나의 이상을 공모로 간주하지 않습니다.

이런 생각을 다소 천하게 만들지 않고 표현하는 낱말이 프랑스어에 없다는 점을 아쉽게 생각함과 아울러 큰 호기심을 느끼며 당신의 답장을 기다리겠습니다.

A. D.가 링에게

친구에게,

우리가 '우리의' 현실에 부여하게 되었던 지나친 중요성은 아마 정신이 자신의 방어를 확보하기 위해 사용하는 수단들 가운데 하나에 불과하리라 생각됩니다. 왜냐하면 그런 종류의 주장들은 그것들이 우리를 설명하기보다는 우리를 지탱해 주기 때문입니다. 인간들은 수천 년 전부터 자신들의 한계와 이미지를 추구하고 있지만, 오로지 그들이 수행한 탐구의 파괴를 통해서만 만족했습니다. 그들은 세계 속에, 그리고 신 안에 위치해 왔습니다. 당신이 이제 막 관찰했던 사람들은 그들 자신 안에서 스스로를 찾고 있습니다. 그들의 말에 조심하세요.

유럽은 무의식의 개념을 받아들임으로써, 또 그것에 극도의 관심을 보임으로써 유럽이 지닌 가장 훌륭한 무기들을 상실했습니다. 뱀이 선악과에 연결되어 있듯이 우리에게 연결되어 있는 부조리, 그 고약한 부조리는 결코 완전히 감추어진 적은 없습니다. 그리하여 우리는 그것이 우리 의지의 충실한 협력을 얻어 더없이 매력적인 놀이를 준비하고 있음을 봅니다. 상당히 일반적으로 우리는 타인을 그의 행위만을 토대로 판단하지만, 우리 자신들에 대해서는 그렇게 하지 않습니다. 통제와 수(數)에 지배된 현실 세계는 다른 사람들이 존재하는 세계일 뿐입니다. 몽상이 승리의 목걸이를 한 채 우리의 세계를 따라다니고 있습니다. 잠시 동안의 고독과 권태만으로도 우리는 반짝이는 무기들에 대한 희미한 추억을 우리 자신 안에서 충분히 되찾게 됩니다. 역사와 예술의 드라마들에 나타나는 최고의 영광은 사실 수많은 모호한 의식들을 매일같이 장악하는 것이라는 추억 말입니다. 왜냐하면 서양인의 영혼은 꿈속에서의 운동 바로 거기에 있기 때문입니다……. 공통적이지 않다면 끔찍하게 보일 부조리를 안고 있는 이런 유희는 추억들만큼이나 거의 강력한 흔적들을 우리 안에 남겨 놓고 있습니다. 정신은 민족의 개념을 주지만, 민족이 지닌 감정적 힘을 만들어 주는 것은 꿈의 공동체입니다. 우리의 형제들은 우리의 어린 시절을 지배했던 서사적 작품들과 전설들의 리듬을 따라 어린 시절을 보낸 사람들입니다. 우리 모두는 아우스터리츠[15] 아침의 상쾌함과 안개를 느꼈고, 침묵이 무겁게 감도는 베르사유에 처음으로 고사리빵이 도착한 그 고통스러운 기나긴 밤의 감동을 느낀 바 있습니다.[16] 백인들에게 민족적 영혼을 주기 위해서는 그들에게 얼마나 많은 이미지들이 필요한지요!

  교양이 없는 사람들의 경우 독서와 공연물들은 상상적 삶의 근원입니다. 알고자 하는 욕망은 그 어떤 것보다 사심이 없습니다. 서양은 아편을 모르지만 언론과 출판을 알고 있습니다. 하루 동안에 승리한 혹은 패배한 야심들의 투쟁, 곧 신문에 나온 그 투쟁이 독자의 방심한 눈동자 뒤에서 동요시키지 않는 세계가 있던가요! 이것이 바로 우리 백인들의 존재를 격리된 존재들로 만들고 있는 것입니다. 그 존재들 안에서는 아무것도 우리가 예견하는 소리로 울리지 않습니다. 친구여, 우리한테

---

15) 체코의 모라비아에 위치하며, 나폴레옹이 오스트리아-러시아 연합군에 눈부신 승리를 거둔 곳이다.

16) 프랑스의 태양왕 루이 14세가 벌였던 팽창주의적·민족적 전쟁(30년 전쟁)을 암시하고 있다. 에스파냐 계승 전쟁중이었던 1709년 전쟁의 시련에다 설상가상으로 끔찍한 한파로 인한 극도의 기근까지 프랑스를 덮쳤다. 모든 게 고갈되었고, 루이 14세는 빈자들을 돕기 위해 자신의 금은 식기들까지 내놓았다. 백성들은 먹을 게 없어 고사리빵을 만들었고, 이를 베르사유로 운반하였다. 특히 영국의 윈스턴 처칠의 선조인 명장 말버러(1650-1722)는 영국-네덜란드 연합군 사령관으로 이 전쟁을 승리로 이끌어 국민적 영웅이 되었다.

유럽을 정복하지 않은 인간은 존재하지 않다는 것을 생각해 봐요. 모욕의 몇몇 가능성들…….

당신은 익살을 즐기나요? 그럼 영화를 보러 가세요. 침묵으로 둘러싸인 가운데 펼쳐지는 그것의 행동과 빠른 리듬은 우리의 상상력에 충격을 주기에 특히 적절합니다. 상연이 끝날 때 나오는 사람들을 바라보세요. 그러면 그들의 몸짓에서 당신은 그들이 방금 좇아다녔던 인물들의 몸짓을 다시 만나게 될 것입니다. 그들이 얼마나 주인공처럼 가로수길들을 건너는지를 말입니다! 친구여, 유럽인들의 정신에는 아무것도 녹음되지 않은 축음기판들이 감추어져 있습니다. 우리의 감성에 강렬하게 영향을 주는 어떤 운동들은 이 축음기판들 속에 새겨집니다. 우리의 욕망이나 무료함이 부추기면, 동물적인 것이 그것들 속에서 영웅적-희극적 선율을 시작합니다. 우리의 문화는 겨우 이 선율을 장식하게 되고, 때로는 우리에게 선택된 정부(情婦)들의 유령들에 사로잡히는 즐거움을 주게 됩니다…….

특이한 광경은 자기 자신을 관조하는 광기입니다. 위대한 개성을 지닌 자들을 장식하고 있는 힘의 열기는 그들의 행위들——이 행위들은 자신들의 자세에 도달하기 위한 준비에 불과합니다——보다 우리를 더 감동시키고, 실생활의 어떤 계제 나쁜 개입이 그들을 그것과 불일치하도록 만들 때 그것은 그들을 분리시킵니다. 세인트헬레나[17]가 문제될 게 없으며, 쥘리앵 소렐[18]이 단두대에서 죽는 것도 전혀 중요치 않습니다!

---

17) 나폴레옹이 유배된 섬.
18) 스탕달의 《적과 흑》에 나오는 주인공.

한 시간의 무료함을 달래기 위해 나폴레옹을 살려낸 프랑스 청년은 그를 감동시킨 황제의 몸짓을 해보지만, 황제는 바로 그입니다. 저명한 생애들의 도식들이 그를 이끌어 가며 잠시 그의 유순한 상상력에 굴곡을 주자, 이번에는 이 상상력이 갑자기 그 생애들을 지배합니다. 때로는 이러한 광기에 완벽한 명철성이 근거하고 있습니다. 상상의 장군은 논리적 플랜들을 준비하고 추정된 난제들을 분명한 방법들의 도움을 받아 물리치는 것입니다. 게다가 서양 소설들은 자신의 광기를 받아들이게 할 수 있는 수단들을 지성에 요구하는 몽상이 어떤 것일 수 있는지 당신에게 매우 잘 보여줄 것입니다.

우리는 우리 자신에 관한 하나의 환상적 이미지를 그리는 것이 아니라 무수한 이미지를 그리며, 그 가운데 많은 것들은 겨우 스케치한 것에 불과합니다. 정신은 이 이미지들의 윤곽에 기여했음에도 그것들을 어렵게 물리칩니다. 모든 책과 모든 대화는 그런 이미지들을 나타나게 할 수 있습니다. 그것들은 각각의 새로운 정열에 의해 되살아나 우리의 가장 최근 쾌락과 고통을 통해 변화합니다. 그러나 그것들은 우리 안에 은밀한 추억들을 남길 만큼 충분히 강력하며, 이 추억들은 우리 삶의 가장 중요한 요소들을 이룰 때까지 커져 갑니다. 우리가 우리 자신에 대해 지닌 의식은 너무도 베일에 싸여 있고, 그 어떠한 이성과도 극히 대립하기 때문에 정신이 그것을 포착하려는 노력에도 불구하고 그것은 사라지고 맙니다. 규정된 것도, 우리로 하여금 우리 자신을 규정하게 해주는 것도 전혀 없습니다. 일종의 잠재적 위력만이 있습니다……. 마치 우리가 현실 세계에서 몽상의 몸짓들을 하는 데는 오직 기회만이 결여되어 있는 것처럼, 우리는 그것들을 이행했다는 것이 아니라 할 능력이 있었다는 어렴풋한 느낌을 간직합니다. 우리는 육상 선수가 자신의 내적 힘에 대해 생각하지 않으면서도 그것을 알고 있듯이, 그런 위력을 우리 안에서 느낍니다. 영광스러운 역할들을 더 이상 놓지 않으려는 불쌍한 배우들인 우리는 우리 자신이 볼 때, 우리의 행동들과 꿈들의 가능성들이 펼치는 순진한 행렬이 뒤얽혀 잠자고 있는 존재들입니다.

하나의 인생이 지닌 약속들 혹은 정신들과 더불어 망상의 온갖 풍요로움으로 함양된 이런 의식의 입장에서 보면, 존재한다는 것은 자신을 낮추어 생성을 받아들이는 것이 될 수 없습니다. 그것은 어떤 중요한 특정 인물이 되는 것입니다. 이런 의식은 어떠한 논의도 벗어납니다. 그것이 검토된 적이 없었던 것은 서양에서 자아를 대상으로 했던 명상이 특히 자아의 영속성과 결부되었기 때문입니다. 모든 명상은 자아가 즉각적으로 세계와 별개라는 점을 암묵적으로 인정하고 있습니다. 내가 대화를 나누는 중국인들은 이와 같은 대립을 받아들이지 않습니다. 그런데 나는 이런 대립이 나에게 충격을 주지 않는다는 것을 인정하지 않을 수 없습니다. 내가 나 자신에 대해서 그 어떤 힘으로 의식하고 싶어하든, 나는 내가 지배할 수 없는 일련의 무질서한 감각들에 예속되어 있음을 느낍니다. 그러한 감각들은 나의 상상력과 이 상상력이 불러오는 반응들에만 종속되어 있습니다. 왜냐하면 몽상이 여전히 작용중에 있을 때, 그것은 무의지적인 대체들로 이루어진 수동적 상상력을 통해서 지탱되기 때문입니다. 모든 에로틱한 놀이는 거기에 있습니다. 즉 자기 자신이자 **상대방**이 된다는 것입니다. 자신의 고유한 느낌들을 체험하고, 파트너의 느낌들을 상상한다는 것입니다. 사디즘, 마조히즘으로부터 하나의 광경에 종속되는 감정들에 이르기까지, 인간들은 숙명적인 오랜 힘들의 마지막 얼굴인 이와 같은 양분에 예속되어 있습니다. 그런 느낌들을 상정하고, 그것들을 그렇게 체험한다는 것은 기이한 능력입니다. 그런 놀이를 포착한다는 것은 더욱 기이합니다.[19] 왜냐하면 정신은 여기서 다시 자리잡기 때문입니다. 즉 우리가 그런 느낌들에 침투되어 반응한다면 바로 정신에 의해 우리는 방향이 잡혀지는 것입니다. 발견들도 그렇듯이 오류들도 정신의 영역에 속하며, 이 영역을 떠나면 형태들은 사라집니다. 있을 법한 가능성들의 암시로서의 자아에 대한 관념인 우리의 공통적 방어도 이 영역에 속합니다.

세계의 끊임없는 유혹에 대항한 이러한 방어는 유럽인의 재능을 나타내는 표시 자체입니다. 이 재능이 고대 그리스인의 마스크로 표현되든 기독교도의 마스크를 쓰고 표현되든 말입니다. 어떤 가톨릭 신학자가 악마를 '세계의 군주'라 부를 때, 나는 고대 조각상들의 목소리가 검은 청동으로부터 올라오는 소리를 듣는 것 같습니다. 열광과 절망이 교차하는 그 목소리, 인간의 한계 속에서, 그 한계의 필연성 속에서 자신의 존재 이

---

19) 여기서 A. D.가 출처에 대한 설명을 생략한 채 모호하게 끌어들이는 에로틱한 놀이는 탄트라의 에로티시즘에 나오는 것이다. 말로는 그것을 《왕도》에서 원주민의 에로틱한 신앙에 입문한 페르캉을 통해 구현하고 있다. 역자는 이 소설을 탄트라 불교에 대한 탐구 소설로 해석해 낸 바 있다. 김웅권, 《말로와 소설의 상징시학》(부제: 《왕도》 새로 읽기), 동문선, 2004 참조. A. D.는 책을 통해 알게 된 탄트라의 에로틱한 놀이를 소설의 페르캉과는 달리 비판적 시각에서 접근하고 있다.

유처럼 자신의 신념을 외치는 그 목소리는 한 종족의 표장처럼 오만한 우리 유럽 땅의 표장입니다! 또한 그것은 행동의 증거에 예속되고, 그로 인해 가장 피비린내나는 운명에 약속된 한 인종의 표장입니다.

링이 A. D.에게

파리에서

귀하에게,

그 어떤 것보다 당신의 몽상과 나의 몽상은 우리의 감성들을 갈라 놓는 차이를 보다 잘 밝혀 줄 수 있을 것입니다. 우리 중국인이 몽상을 하는 것은 기껏해야 삶이 우리에게 거부하는 지혜를 우리의 꿈들에 요구하기 위한 것입니다. 영광이 아니라 지혜 말입니다. 당신은 '꿈속에서의 운동'이라고 쓰고 있습니다. 저는 당신에게 '꿈속에서의 고요'라고 대답하겠습니다.

왜냐하면 몽상하는 중국인은 현자이기 때문입니다. 그의 몽상은 이미지들로 가득 찬 게 아닙니다. 그는 그 속에서 정복된 도시들도, 영광도, 위력도 보지 않습니다. 그가 보는 것은 모든 것을 감상할 수 있고 덧없는 것들에 집착하지 않을 수 있는 가능성이며, 그의 영혼이 다소 세속적이라 한다면 자신에 대한 어떤 존경 같은 것입니다.

그 어떤 것도 그를 행동하게 만들지 않습니다. 꿈에서조차도 ……. 그는 **존재 상태에 있습니다.** 자신이 존경받는다고 느끼는 것은 사람들이 머리를 숙이는 어떤 방에 들어간다고 상상하는 것이 아닙니다. 그것은 그 자신에게 특별한 것들에 그가 불러일으키는 존경이 덧붙여지는 것입니다. 당신들에게 참으로 이상하게 보일 수 있을지 모르지만, 중국인은 말하자면 이미지 없이 상상합니다. 이 점이 그로 하여금 인물이 아니라 자질에, 황제가 아니라 지혜에 전념하게 만듭니다. 그렇기 때문에 그가 상상한다 해도 상상이 되지 않을 세계에 대한 관념은 그에게는 하나의 현실에 부합합니다.

참으로 오래전부터 당신들은 당신들을, 당신들의 존재를 확신하는 데 열중하고 있습니다. 정성을 기울여 당신들은 당신들에게 나타나는 인물들과 당신 자신이란 인물에 꼬리표를 붙이고, 분류하고, 한정합니다. 다리가 없는 가벼운 돋보기를 쓰고 당신들은 근시안으로서 주의를 기울이면서 차이들을 찾고 있습니다. 내가 좋아하는 16세기 서양 화가들이 형상들의 윤곽을 그리는 데 기울였던 그 정성, 당신들은 그것을 당신들의 정신에 기울입니다. 때때로 홀로 저는 당신들이 다소간 가치를 부여하는 책들 가운데 하나를 훑어보면서, 또 태양이 물러날 때면 이제 친근해진 불안을 망각하면서, 개인에 대한 당신들의 추구와 그토록 소중한 포획물을 간직하려는 당신들의 노력을 보고 감미로운 기분 전환을 느낍니다. 왜냐하면 당신들이 당신들 자신을 발견하는 방식은 마법사들이 마귀들을 불러낸 후, 뿔 달린 수많은 얼굴들이 침투한 자신들의 방을 보고는 한참 후에 책더미 속에서 깨어나는 방식이기 때문입니다. 그들은 매우 심한 두통으로 괴로워합니다. 책들이 그들에게 상처를 주었기 때문이 아닙니다. 그들은 마귀들이 서로 다투며 싸웠다고 기억하기 때문입니다. 마귀들이 싸운 것은 그들 각자가 유일한 진실이기를 원했기 때문입니다. 이것이 이 재간 있는 마법사들을 새로운 어려움들에 봉착하게 만듭니다.

언제 어느 때에나 우리는 우리 자신에 대한 그런 환상에 의해 유혹받지도, 멈추지도 않으려고 전력을 기울였습니다. 나는 귀하가 불교에 대해 생각하고 있음을 압니다. 왜냐하면 서양은 그 자세에 설명할 수 없는 중요성을 부여하고 있기 때문입니다. 그것에 대해 생각해서는 안 됩니다. 때때로 불교의 스승들은 뉘앙스와 지성이 충만한 순수성에 도달했으며, 나는 당신들의 순수성보다 그것으로부터 훨씬 더 감동을 받습니다. 왜냐하면 당신들의 순수성에서 저는 너무도 많은 천진한 열정을 느끼기 때문입니다. 그러나 그 스승들은 당신들과 동일한 악습에 떨어집니다. 자신을 추구하는 것과 자신으로부터 달아나는 것은 똑같이 분별이 없는 것입니다. 정신에 이끌리는 자는 누구나 정신을 위해서만, 그리고 정신에 의해서만 살아갈 것입니다. 이보다 더 해로운 장식은 없습니다. 우리는 개인으로서의 우리 자신에 대해서는 의식하지 않고자 합니다. 우리 정신의 작용은 우리의 파편적 자질을 명철하게 느끼는 것이고, 이러한 느낌으로부터 우주의 느낌을 끌어내는 것입니다. 당신네 학자들이 몇몇 뼛조각들을 가지고 화석화된 동물들을 재구성하는 방식이 아니라, 그보다는 우리가 지도 위에서 어떤 이름을 읽을 때 거대한 칡넝쿨로 지워진 미지의 풍경들이 올라오는 것을 보는 방식으로 말입니다. 왜냐하면 하나의 세련된 문명이 지닌

최고의 아름다움은 자아의 주의 깊은 비(非)개발이기 때문입니다.[20]

　당신들이 당신들 안에서 발견하지 못하는 세계의 개념, 당신들은 그것을 구축물들로 대체했습니다. 당신들은 하나의 정연한 세계를 원합니다. 당신들은 그것을 창조하고, 그것으로부터 극도의 미묘함을 통해 윤곽이 잡힌 특별한 감성을 끌어냅니다. 이 감성이 당신의 정신에서 비롯된 것이 아니라고 누가 말하겠습니까? 우리의 감성은 우리의 한계를 사방에서 넘어섭니다. 우리의 어떤 현자들을 다른 민족들의 현자들과 본질적으로 구별짓게 하는 태도는 윤리도 미학도 필요로 하지 않습니다. 왜냐하면 그들의 감성은 그것의 고유한 완성만을 지향하는데, 갈등의 가능성이 없는 미학을 함축하고 있기 때문입니다. 도덕에 대해 말하자면, 도덕을 미술로부터 떼어내려 하는 것은 헛된 일입니다.

　일부 서양인들이 책들 속에서 우리의 사상을 자신들의 사상으로 환원시키는 데 즐거움을 느꼈다는 것은 사실입니다. 그러나 우리의 사상을 진정으로 알고자 시도했던 사람들, 다시 말해 당신들의 사상이 향하려 애쓰는 상징들을 무시하고 우리 쪽으로 왔던 사람들은 하나의 뇌가 매우 상이한 목적들에 이용될 수 있고, 세계의 정복이 그것의 질서의 정복보다 더 바람직하다는 점을 신속하게 이해했습니다. 그들은 토스카나의 언덕들과 프랑스의 정원들을 조금씩 망각했습니다…….

---

20) '자아의 비개발'은 노장 사상에서 자아와 주체를 부정적으로 보는 입장을 다르게 표현한 것이다.

저 역시 당신들의 비할 바 없는 정원들에서 산책을 했습니다. 그곳에서는 조각상들이 그것들에 의해 표현된 왕들이나 신들의 그림자들을 황혼 속에 뒤섞고 있었습니다. 그들의 펴진 손은 추억과 영광의 무거운 봉헌물을 당신들에게 바치고 있는 것 같습니다. 당신들의 마음은 서서히 늘어지고 있는 그 그림자들의 결합 속에서 오랫동안 기다린 어떤 법칙을 식별해 내고자 합니다. 아! 자신의 가장 고차원적 사상을 재발견하기 위해 불충한 죽은 자들만을 탐사할 줄 아는 인종에게 어떤 탄식이 어울릴 것인가? 유럽의 밤은 그것이 지닌 분명한 위력에도 불구하고 한탄스럽고 비어 있으며, 정복자의 영혼처럼 비어 있습니다. 인간들의 가장 비극적이고 가장 헛된 행동들 가운데 그 어떤 것도 힘에 운명지어진 인종, 절망적인 인종인 당신들의 그 모든 저명한 그림자들에 질문하는 당신들의 그 행동보다 더 비극적이고 헛된 것은 없어 보였습니다⋯⋯.

무겁게 짓누르는 밤에 패배한 육체를 탐닉하는 환희, 무한히 타오르는 세계를 굽어보는 비인간적 사상, 저는 당신들을 얼마나 필요로 하는가,[21] 아시아는⋯⋯.

---

21) 결정판이 나오기 전의 원고들을 보면, 패배한 육체를 탐닉하는 이런 환희와 세계에 대한 굽힐 줄 모르는 적대적 사상만을 체험할 줄 알았던 당신들 정도로 해석할 수 있다. Daniel Durosay, 〈Notes et variantes〉 sur La Tentation de l'Occident, André Malraux, Oeuvres complètes, vol. I, 〈Bibliothèque de la Pléiade〉, 1989, p.953 참조.

같은 청년이 같은 청년에게

귀하에게,

우리 안에는 하나의 감각 기관이 있는데, 당신들은 그것이
존재할 수 있다는 것조차 간파하지 못하는 것 같습니다. 그것
은 본질적으로 우리의 삶들과는 다른 낯선 삶들의 감각 기관입
니다. 그것은 우리의 민중 예술과 조형 예술 속에 매우 깊이 침
투하고 있기 때문에 그것에 의지하지 않는 사람은 어느 누구도
이 예술들을 잘 이해하는 것이 불가능합니다. 우리의 화가들이
그리고자 하는 대상을 관찰하는 데 기울이는 정성은 그들이 고
정시킨 형태들을 설명할 수 없습니다. 왜냐하면 우리는 영양과
말〔馬〕의 우의적(寓意的) 이미지들 속에서 예를 들면 동일한 감
정, 다시 말해 움직이는 상태로 표현된 이 동물들이 재치 있는
관찰에 따라 그들의 멋을 드러내 주는 것 같은 그런 그림들에
서 우리를 감동시키는 것과 동일한 감정을 다시 만나기 때문입
니다.

당신들이 재현하는 동물들과 대상들은 일반적으로 우화들을
불러일으키려 합니다. 당신은 내가 이런 측면에 슬픔을 느끼고
있다고 생각하겠죠. 그런 현상 또한 정신의 발전이 당신들한테
야기한 그 이상한 병, 제가 당신에게 이미 이야기한 그 병에서
비롯됩니다. 당신들은 동물들의 특질들과 결점들을 조사했지

49

만 미소는 짓지 않았습니다. 당신들은 개의 좋은 감정들을 찬양했고, 고양이의 위선을 비난했습니다. 예전에 유럽에서는 법정이 동물들을 단죄하지 않을 수 없었던 일이 일어나곤 했습니다. 이런 관습은 좋은 것이었으며, 저는 당신들이 그것을 없애버린 것이 참으로 아쉽다고 말하지 않을 수 없습니다. 그것이 살아 있다면 저는 그 속에서 하나의 상징을 발견하게 될 것입니다. 그 속에서 저는 당신들을 여러 인종들 가운데 특별히 구분하게 해주는 질서 감각을 다시 한번 찬양하게 될 것입니다. 끝으로 그 속에서 저는 유쾌한 여흥을 얻게 될 것입니다.

당신은 《해골 이야기》를 아시겠지요. 그것의 작가가 길가에 망각된 사람 해골이 자신을 더럽힌 행인을 추적하는 모습을 우리에게 보여줄 때, 그는 서양의 이야기꾼과 다르게 글을 쓰고 있지 않습니다. 그러나 작가가 그 둥그런 해골이 굴러가고, 튀어오르며, 다시 떨어지고 다시 튀어오르며 질겁한 행인을 끊임없이 괴롭히는 모습을 얼어붙은 휘황한 달빛 아래 보여줄 때, 우리는 그가 자신의 형태를 따르는 특별한 삶, 인간적인 것들에 낯선 그런 특별한 삶을 부여받은 그런 두개골을 전제하고 있음을 느낍니다. 바로 여기서 환상적인 것(le fantastique)의 영역이 시작됩니다.

우리의 형상들에 침투한 생명력은 우리의 예술이 개인적인 것을 즐겨 고정시켰다고 당신들을 믿게 했습니다. 반대로 그 생명력은 개인적 특징들을 버린 데서 비롯됩니다. 당신들에게 종의 개념은 극히 추상적입니다. 그것은 당신들로 하여금 분류하게 해줍니다. 그것은 지식의 수단입니다. 우리의 경우 그것은 감성에 연결되어 있습니다. 오직 아시아의 예술들만이 동물의 캐리커처들을 창조했습니다……. 제가 당신들의 예술을 우리의 예술과 비교할 때, 당신들의 감각들은 산만한 데 비해 우리의 감각들은 거의 당신들의 사상처럼 정돈되어 있다고 생각됩니다. 기독교도인 당신들은 감성이 정돈된 한 인간이 어떤 존재일 수 있는지 짐작하시겠습니까?

제가 '고양이'라는 말을 할 때, 저의 정신을 지배하는 것은 한 마리 고양이의 이미지가 아닙니다. 그것은 고양이에게 특수한 유연하고 고요한 어떤 **움직임들**입니다. 당신들은 하나의 종이 지닌 윤곽선을 통해 그것을 다른 종들과 구분합니다. 그런 구분은 오로지 죽음에만 기초합니다(예전에 당신네 화가들은 시체들을 그리면서 인체의 비례를 연구했다는 말이 있습니다).

종의 관념은 삶이 삶에 속하는 개체들 속에서 취하는 형태들을 연결시키는 것에 대한 관념입니다. 요컨대 그것은 개별적인 특수한 운동들의 필연성입니다. 그렇기 때문에 그것은 스타일과 마찬가지로 형상화될 수 없습니다. 하지만 스타일은 도달될 수 있고, 암시될 수 있습니다. 이 암시는 예술의 가장 큰 수단입니다. 그것의 표현은 윤곽선이 죽은 종의 상징이듯이 살아 있는 종의 상징입니다. 계속적으로 이어지는 존재들의 세계를 이해한다는 것은 우선적으로 이 표현을 이해한다는 것입니다. 바로 그것을 통해서 예술가의 기분 전환은 세계를 발견합니다. 그것은 당신들의 정복과 우리들의 정복이 나타내는 대립을 깊이 있게 드러냅니다. 당신들은 분명한 아날로지들로부터 보다 감추어진 다른 아날로지들로 가는 데 비해 우리는 양립할 수 없는 차이들로 갑니다.

오후 내내 저는 루브르 박물관의 그림들을 바라보았습니다.

저는 그것들의 어설픈 모음보다는 창문들이 보여주는 것이 더 마음에 듭니다! 파리를 흘러가는 저 가벼운 봄기운이 저를 매혹시킵니다. 센 강의 양안은 당신네 낭만주의 화가들의 석판화들을 닮아 있습니다. 그것들은 찬란하고 매력적이며 동시에 부르주아적입니다. 그곳에 있는 궁전들은 조류상들로 둘러싸여 있습니다. 당신들의 미술관들은 저에게 즐거움을 주지 않습니다. 대가들은 그 속에 갇혀 있습니다. 그들은 논쟁을 벌이고 있습니다. 그들의 말에 귀를 기울이는 것은 그들의 역할도, 우리의 역할도 아닙니다. 그래서 저는 당신들이 이해의 보다 섬세한 즐거움보다 판단의 만족을 더 좋아하는 그런 장소들에 항상 실망합니다.

유감스럽게도 미술관은 '이방인들'이 아름다움으로부터 기대하는 바를 가르칩니다. 미술관은 비교하게 하고, 특히 새로운 작품에서 그것이 가져오는 차이를 느끼게 합니다. 미술관은 그것에 제안되는 감성을 지배합니다. 그러기에 저는 우리 아이들의 감성이 그것이 만나는 우연적인 것들에 예속되리라는 것을 씁쓸하게 예상합니다. 저의 조상들이 우리의 회화로부터 끌어냈던 감동들, 색깔들의 예기치 않은 접근들, 미학적 꿈들은 장난감들이 어린아이들에게 주는 몽상들과 죽음 속에서 합류할 것입니다. 그것들은 이 몽상들과 질에 의해서만 구분되었던 것입니다……. 얼마나 많은 세월의 지혜가 우리의 상상력을 감성의 항상 새로운 하녀로 삼으라고 충고했던가! 서양의 지칠 줄 모르는 슬픔이 수많은 걸작들을 제압하면서 전시실을 따라 이동하고 있는데, 다른 한편에서는 센 강의 젊은 영령이 포플러 색깔의 안개를 강으로부터 올라오게 하고 있습니다……. 당신 나라의 풍경들은 당신들을 명상으로 이끈다고 하지요. 우리 나라의 풍경들은 우리의 영혼을 슬픔이나 즐거움으로 향하게 합니다. 어떤 미지의 풍경들은 눈 위에 어린 그림자들이나 다리의 붉은 줄무늬들을 통해서 갑자기 생명에 눈을 뜹니다. 그것들은 우리에게 우리 자신에 대해 이야기하러 오는 조화로운 메시지들이 됩니다. 하나의 실제적 혹은 형상화된 풍경은 우리의 감성을 일깨우거나 그것과 일치함으로써 장식된 감정이 됩니다. 우리가 준비하는 풍경들, 예컨대 정원들은 거의 덫들입니다. 우리 감정들의 기호들인 그것들은 우리에게 큰 위력을 발휘하며, 그것들의 변모는 우리를 심층적으로 동요시킵니다. 18세기에 저의 조상들 가운데 하나가 존경받는 정원사를 시켜 아모이 항[22] 근처에 꾸몄던 정원이 생각납니다. 저의 부모들은 그곳에 저를 데려가기 위해 여름이 끝날 무렵 석양을 택했습니다. 이 지역의 석양빛은 극도로 고와서 완벽을 갈망하게 만들기 때문입니다. 우리는 늦게 도착했습니다. 대지로부터 올라오는 어둠은 주변의 윤곽들을 지우고 있었습니다. 정원의 순수함은 세월에도 불구하고 변질되지 않고 그대로 남아 있는 것 같았습니다. 조금씩 수도원 같은 평화가 그것만이 어울리는 이 장소를 감싸고 있었습니다. 이곳의 상처받은 순수성을 달래려는 듯 말입니다. 조상들이 사랑했던 나무들은 여전히 따갑게 부는 바람의 리듬을 따라, 변함없는 바다 수평선 위에 펼쳐진 풍경, 낮은 바위들과 연못들, 그리고 언덕들로 이루어진 그 풍경을 오랫동안 흔들어대고 있는 것 같았습니다.

---

22) 타이완 앞에 있는 항구로서 많은 섬들을 수용하고 있다.

태양이 지기 전에 던지는 뒤늦은 빛줄기 하나, 거의 광채를 상실한 그 빛줄기들 가운데 하나가 나무줄기들을 통과해 지나가더니 정원의 한 부분과 그때까지 구분이 안 되었던 몇몇 유럽식 빌라들을 갑자기 밝혀 주었습니다. 오솔길들과 관목들의 무질서, 그리고 외국 가옥들의 그 존재는 세월에 시달린 그 고요한 아름다움을 너무도 잔인하게 파괴하고 있었기 때문에 저는 한 영웅적 삶의 부끄러운 종말에 대해 생각했습니다. 열정의 왕국이여, 그대의 영광과 고귀함이 어떤 것이든 이제 그대가 가슴에 안고 있는 상처는 더 이상 숨겨질 수 없고 피를 흘려야 할 시간이다……. 더없이 무거운 침묵의 시간이다라고.

그 시간은 제가 유일하다고 알고 있었던 시간이었고, 비할 데 없는 고독의 시간이었습니다! 명상에 잠긴 저 여신들의 단말마 속에서 저는 그들의 영광에 감히 요구하지 못했었던 감동을 만났습니다. 그들의 육체 위에 흐르는 피는 그들을 불꽃처럼 파괴했고, 이 불꽃의 빛처럼 그들을 장식했습니다……. 그들에 대한 추억 이상으로 저는 그들의 파괴된 이미지를 사랑했습니다. 그들의 죽음은 저로 하여금 정열적으로 그들에게 매달리게 했고, 청년이었던 저는 그들이 흘린 지상의 피가 발산하는 무거운 냄새에 오랫동안 취했습니다…….

같은 청년이 같은 청년에게

파리에서

귀하에게,

당신은 이 편지에서 고대의 청동 마스크를 찍은 사진을 보게 될 것입니다. 중국에서 저에게 보내온 것인데, 그곳에 있는 당신에게 다시 보내 드립니다. 그것은 한나라 이전 시기에 속한 것입니다. 두 눈과, 그리고 코를 나타내는 조각된 선을 보면 알 수 있습니다. 그것은 공포를 환기시킵니다. 그것은 공포를 불러일으키지 않습니다. 그것은 그것을 환기시킵니다. 서구의 모든 원시 조각들에서 감정들을 표현하는 입은 형태조차 없습니다.

당신은 저와 마찬가지로 그리스에 의해 자극받은 불교가 중국에 들어와 산허리에 조각해 놓은 이미지들의 아름다움을 알고 있습니다. 그 이미지들의 감은 눈으로부터 내려오는 종교적 평화에도 불구하고 세속적이면서도 신성한 중국은 그것들이 지녔던 인간적인 것을 10세기 동안 끊임없이 지워 왔고, 그것들을 타락시켰으며, 꿈의 대상들과 신적인 기호들로 그것들을 변모시켰습니다. 부동의 대양이 지닌 힘을 통해서 감지할 수 없게 말입니다. 당신들의 성당들에서 있었던 형상들도 그 이미지들처럼 사라졌습니다. 여기저기서 태양의 퇴색한 광채가 별들로 흩어지듯이, 하나의 장엄한 예술이 지닌 방대한 완벽함은

55

수많은 귀중품들로 부서지고 있습니다. 그러나 중국에서 이와 같은 흩어짐은 꿈의 명철하고 기발한 개화입니다. 유럽에서 그 것은 남자와 여자의 개화이고, 그들의 쾌락의 개화입니다. 현 자들의 조각상들을 세워 놓았던 비어 있는 초석 위에는 이제 당신들 자신이 서 있으며, 우리는 그곳에서 친숙한 괴물들로 둘 러싸여 있는 지혜의 기호를 만납니다.

아마 당신들과 달리 우리로 하여금 관념들을 이 관념들에 항 상 결부되는 그 조형적 감성과 분리시킬 수 없게 만들었던 것 은 표의 문자의 사용일 것입니다. 우리의 회화가 아름다울 때, 그것은 모방하지도 재현하지도 않습니다. 그것은 의미합니다. 그려진 새는 새의 특별한 기호이며, 글자처럼 이 기호를 이해 하는 사람들과 화가의 소유물로서 기호입니다. '새〔鳥〕'라는 낱 말은 새라는 동물의 공적인 기호입니다. 이제 당신들의 예술이 침투한 우리의 예술은 기호에 의한 꿈과 감정의 완만하고 귀중 한 정복처럼 저에게 나타나고 있습니다.

A. D.가 링에게

파리에서

친구에게,

강력하게 조직화된 지성은 인간의 표상들을 쉽게 지배하니다. 왜냐하면 그것은 이 표상들을 그것을 형성한 판단 체계의 장식으로만 삼기로 결정했기 때문입니다. 사유의 장식물들, 풍취 같은 것으로……. 서구 정신은 그것이 가치를 부여하는 사물들에 지속적인 성격을 부여하려고 끊임없이 노력했습니다. 서구 정신에는 시간을 정복하고 그것을 형태들의 포로로 만들려는 시도가 있습니다. 그러나 이와 같은 시도 자체가 이 정신에 의해 조직화된 세계에서만 가능합니다. 바로 이 정신이 왕좌에 앉아서 그것이 선별하지 않은 것을 무(無)로 돌려보냅니다.

시간은 오늘날 서구 정신을 사로잡고 있습니다. 우리가 행동들과 풍경들에서 찾아내는 그 새로운 의미는 이 의미를 부여하는 그것들을 신속하게 바라보아야 한다는 필연성입니다. 깊은 바다가 생물들의 그림 같은 카니발에 따라 그곳의 물고기들을 조금씩 변모시키듯이, 우리의 문명은 우리의 예술가들에 침투하면서 그것의 리듬을 받아들이지 않을 세계는 그들이 포착할 수 없게 만듭니다. 때때로 저는 산들이 그것들의 평행한 층들을 역삼각형 모양의 하늘로 끌고 가는 저 황토빛 풍경들을 기억합니다. 혹은 데생처럼 완벽한 당신네 남쪽 지방의 풍경들을. 그럴 때면 우리의 예술은 어떤 머나먼 천체의 예술처럼 보입니다. 그리고 저는 그것의 기계 같은 장치로부터 복잡한 쾌락을 끌어내면서, 이런 확신이 주는 커다란 슬픔에 위안을 얻습니다. 이제 제가 이해할 수 없는 예술은 없다는 것 말입니다…….

유럽인들은 그들 자신들에 지쳐 있고, 무너져 내리는 그들의 개인주의에 지쳐 있으며, 자신들의 열광에 지쳐 있습니다. 그들을 지탱하고 있는 것은 하나의 사상이라기보다는 부정의 섬세한 구조입니다. 그들은 자신들을 희생시킬 정도까지 행동할 수 있지만, 오늘날 자신들 백인종을 괴롭히는 행동의 의지 앞에서 혐오로 가득 찬 채 인간들의 행위 속에서 보다 심층적인 존재 이유를 찾고자 합니다. 그들의 방어책들은 하나하나 사라지고 있습니다. 그들은 그들의 감성에 제안되는 것에 대립하고 싶지 않으며, 그들이 무언가를 이해하지 못한다는 것은 더 이상 있을 수 없습니다. 그들로 하여금 자신들로부터 달아나게 밀어붙이는 경향이 그들을 가장 잘 지배하는 순간은 그들이 예술을 고찰할 때입니다. 그때 예술은 하나의 구실이며, 그것도 가장 세련된 구실입니다. 왜냐하면 가장 섬세한 유혹은 우리가 알다시피 가장 훌륭한 사람들에게 한정되어 있는 유혹이기 때문입니다. 오늘날 유럽에서 불안한 예술가들이 정복하려고 노력하지 않는 상상의 세계는 없습니다. 겨울바람이 후려치는 버려진 궁전 같은 우리의 정신은 조금씩 풍화되어 해체되고, 아름다운 장식 효과를 드러내는 그것의 균열들은 끊임없이 확대되고 있습니다. 그렇습니다, 10년 전부터 유럽에서 계속적으로 나타났던 형태들을 바라보면서도 이해하려고 **노력하고** 싶지 않은 자는 광기의 인상, 자기 자신을 의식하고 만족해하는 그런 광기의 인상을 받습니다. 그 작품들, 그것들이 가져다 주는 즐거움은 외국어처럼 '배워질' 수 있습니다. 그러나 정신을 지배하는 매우 불안한 힘이 그것들의 연속된 형태들 뒤에 숨어 있음이 간파됩니다. 세계의 어떤 측면들을 새로운 눈으로 바라보면서 그것들을 끊임없이 갱신하는 이러한 탐구에는 마약처럼 인간에게 작용하는 불꽃 같은 재능이 있습니다. 우리를 사로잡았던 꿈들은 그것들의 마법이 어떤 식으로 작용하든 다른 꿈들을 불러옵니다. 초목·그림·책의 꿈들 말입니다. 미지의 예술들을 발견하는 데서 얻어지는 특별한 즐거움은 그것들의 발견과 더불어 멈추고 사랑으로 변모되지 않습니다. 우리를 감동시키게 되지만 우리가 사랑하지는 않을 다른 형태들이 와야 하니, 매일같이 왕국의 가장 아름다운 선물들을 받고 매일 저녁에는 변함없는 절망적 탐욕을 되돌려받아야 하는 병든 왕들이라……

유럽인의 불편함은 유감스럽게도 진솔함이 별로 없는 영혼들에게 발견들이 야기하는 불편함입니다. 당신은 《신스페인의 정복》을 알고 있습니까? 사하군이 이야기하는 목소리가 해묵은 스페인어 텍스트 속에서 장중하게 떨리는 것 같습니다.[23] 그는 멕시코에 들어가자 왕궁에서 "인간의 손으로 이루어진 그 어떤 것과도 닮지 않은 정원들을" 방문하였고, "천장이 낮은 방들에서는 수집해 놓은 뱀들과 슬픈 표정의 난쟁이들……"을 보았습니다. 서인도 난쟁이들의 눈에서 이 라틴인 신부를 동요시켰던 그 슬픔, 우리는 그것을 고대의 작품들과 토스카나의 경이로운 것들 속에서, 그리고 루브르에서 재발견하고 정복했습니다. 이 루브르에는 나폴레옹이 수집해 놓은 그림들이 오직 연속적으로 걸려 있는 현상만으로도 더없이 자신 있는 예술가들을 동요시켰습니다. 그러나 이 세기초에 프랑스에 침투하고 있는 것은 더 이상 유럽도 과거도 아닙니다. 그것은 세계의 모든 현재와 모든 과거이고, 살아 있거나 죽은 형태들과 명상들

---

23) 사하군(Bernardino de Sahagun, 1500-1590)은 스페인의 연대기 작가이자 환속 프란체스코회 수도사였다. 그가 쓴 《신스페인 사정 일반사 L'histoire générale des choses de la Nouvelle Espagne》는 중앙아메리카의 의례와 풍습을 기술한 것으로 민족학적·인류학적 가치가 뛰어난 작품이다. 말로는 여기서 '정복'이라는 관념에 사로잡혀 책의 제목을 임의로 바꾸어 놓고 있다.

의 축적된 봉헌물들입니다······. 친구여, 이처럼 시작되고 있는 혼란한 광경은 서양의 유혹들 가운데 하나입니다.

정신에 대한 형태들의 승리에는 다소 통속적인 감성의 고양과 쾌락의 힘보다는 더 심층적인 무언가가 있다고 생각합니다. 관능적인 쾌락, 새로움의 쾌락은 보잘것없는 정신의 소유자들을 쉽게 유혹하지만, 그것들을 쳐부술 준비가 되어 있는 사람들에게는 힘을 쓰지 못할 것입니다. 사실 하나의 문화는 오로지 그 자체의 허약함으로 인해서만 죽게 됩니다. 그것이 정복할 수 없는 관념들 앞에서 그것은 그것들의 파괴를 통해 부활해야 할 운명에 처합니다. 그렇지 않으면 그것은 소멸하지 않을 수 없습니다. 그런 만큼 우리는 유럽 전체에서 예술적 경험들의 때로는 씁쓸한 유희가 나타나는 것을 목격합니다. 왜냐하면 인간 안에 존재함으로써만 연결될 수 있는 요소들을 지닌 하나의 문화는 모든 것을 시도할 수 있을 것이기 때문입니다. 극히 동적인 형태들과 사유들로 둘러싸여 있다는 느낌이 침투하는 어떤 사람들은 이처럼 움직이는 세계를 고정시키려는 의지에보다는 이 세계의 명철한 관조에 더 높은 가치를 부여합니다. 또한 그들은 오직 이런 세계 안에서만 그들이 호기심을 갖는 그들 자신의 형상을 발견할 수 있습니다. 그리고 보다 멀리는······.

그러나 잃어버린 특질을 재발견하겠다는 그들의 거칠고 격렬하며 불안한 시도들은 그 어떤 것보다 정열을 불러일으켜 마땅합니다. 델포이의 전차 경주자상,[24] 토라진 코레상,[25] 로마네스크 양식의 그리스도상들, 고대 이집트 사이스 왕조나 크메르의 두상들, 위나라나 당나라의 보살상들, 모든 나라의 원시 예술들, 그 모든 작품들이 선택되는 것은 우선 그것들 안에서 느껴지는 유혹하지 않으려는 의지 때문이고, 다음으로 그것들에 공통적인 감동, 우리가 아름다움이라 부르고 싶은 그 감동이 겨우 채색된 건축물을 위해서입니다. 이것이 바로 정신의 복수입니다. 살아 있는 형태들의 강은 정신 속에서 지하의 샛강처럼 노호하지만, 그 강은 정신으로터 이 위대한 단순한 형태들을 끌어냅니다. 뒷날에 이 형태들이 다른 형태들을 지배하고, 정신의 눈에 이것들을 예속시키도록 탈취되지 않을 수 없다 할지라도 말입니다.

왜냐하면 판단에 현실적인 가치를 부여하기를 거부하는 이 정신은 그것의 힘 자체에 의해 어떤 부정적 고전주의를 의식하게 되며, 이 부정적 고전주의는 거의 전부가 유혹에 대한 명철한 혐오에 의지합니다. 이 정신은 그것이 욕망하는 예술을 구상할 때, 하나의 작품에 대해 생각한다기보다는 이 작품을 이루는 부분들을 생각합니다. 그래서 그것은 어떤 욕망의 충족이라기보다는 끊임없이 공격받는 하나의 문화가 적대적 힘들과, 그것의 가장 냉혹한 적인 그것의 생명력 자체를 예속시키기 위해 기울이는 노력입니다.

24) 기원전 5세기에 제작된 청동상으로 폐허가 된 아폴론의 성소에서 발견되었으며, 델포이 박물관에 소장되어 있다.
25) 코레상(Koré)은 기원전 7-5세기에 고대 그리스 고전주의 이전에 만들어진 처녀 조각상들을 말하며, 토라진 조각상(Koré boudeuse)은 기원전 5세기에 제작된 것으로 아크로폴리스 박물관에 소장된 것이다.

링이 A. D.에게

귀하에게,

우리의 세계는 당신들의 세계와는 달리 원인과 결과의 법칙
에 예속되어 있지 않습니다. 보다 정확히 말하면 이 법칙은 우
리가 받아들이기는 하지만 우리의 세계에서 힘이 없습니다. 우
리의 세계는 정당화될 수 없는 것은 받아들이지 않습니다. 우
리에게 어떤 설명할 수 없는 행위가 미지의 원인이 낳은 결과
인 것은 오로지 그것이 우리가 모르는 어떤 삶 속에서 이루어
졌기 때문일 뿐입니다. 이로부터 우리가 감성에 인정하는 가
치, 우리가 그것에 기울이는 관심, 우리가 그것에 대해 지니는
인식이 비롯되며, 이 인식은 감성에 대한 당신들의 인식보다
우월하다고 생각됩니다.

비록 제가 영혼이 윤회한다는 믿음을 버렸지만, 저의 감성은
제 아버지의 감성과 유사합니다. 저는 우리의 옛 도자기들이
지닌 매력을 즐기는 만큼이나, 당신들이 당신들의 특수성들에
대한 확신을 확보하기 위해 학문적으로 상처를 입는 그 모든
거친 연관성들에 의해 제 자신을 제한받지 않고 또 유혹받지
않는 매력을 즐깁니다.

물론 윤회라는 해묵은 관념은 책임의 관념이 서양인의 감성
을 빚어냈듯이 아시아인의 감성을 빚어냈습니다. 그러나 이 관

념이 무엇인지 잘 이해하지 못하고 있습니다. 당신들은 그것을 **번역하고 있습니다.** 우리들 가운데 그 어떤 누구도 자신이 전생에서 이런저런 유명 인사였다고 생각하지 않습니다. 당신들의 사유를 분명하게 표현하기 위해 당신들이 윤회에서 중요하게 언급하지 않을 수 없는 것은 하나의 유일한 영혼이 거쳐 가는 계속적이고 상이한 육체적 거처들입니다. 이러한 구분은 우리에게 아무것도 표현하지 않습니다. 왜냐하면 우리는 당신들이 '영혼'이라 부르는 것에 당신들이 부여하는 항구성의 성격을 받아들일 수 없기 때문입니다. 여러 개의 인격체들을 하나하나 차례로 소유할 수 없습니다. 우리는 인격을 이해하지 못합니다. 개인적 존재에 대한 관념 자체가 우리한테는 매우 취약했기 때문에 혁명이 일어나기 전까지 부모들은 아이들이 그들 모르게 저지른 잘못 때문에 함께 벌을 받았습니다.

하나의 영혼이 취하는 계속적인 형태들 사이의 관계는 구름과 구름의 비가 자라게 하는 나무들이 맺는 관계 이외의 다른 것이 아닙니다. 당신도 알다시피 인간은 전생들의 상태에 대해 아무런 기억을 지니고 있지 못합니다. 윤회라는 이 관념을 유럽의 언어로 한정하기는 어렵습니다. 최소한 제가 말할 수 있는 것은 "너는 자칼로 다시 태어날 것이다"라는 번역문은 "네가 죽을 때 너의 행위들로부터 자칼이 태어날 것이다"라고 번역된다면 더 나을 것이라는 점입니다. 왜냐하면 여기서 중요한 것은 자칼이 자기가 전생에서 인간이었다는 것을 알지 못하며, 자칼이 동물의 법칙들만을 따라야 한다고 믿는 민족들의 사상을 표현하는 것이기 때문입니다. 이런 민족들이 볼 때 개인적 운명은 개인이 그것에 대해 지니는 의식에 의해서가 아니라,

그것이 세계에 가져다 주는 미미한 변화에 의해서 영향을 받습니다……. 게다가 우리가 인간적이지 않은 운명을 통해서 어떤 자아를 만날 수 있겠습니까? 인간들의 사유와 고통으로부터 해방되지 못한 자들은 이 운명을 포착하지 못합니다. 지상의 헛된 소요들을 지배하는 절대를 이해하는 현자들만이 개인적인 운명들이 아니라 그것들의 공통적 성격을 이해할 수 있습니다. 여기서 당신은 서양의 그 어떤 철학 못지않게 정연한 동양 사상의 그 특이한 구조와 다시 만나고 있습니다. 그러나 이 사상의 줄기들은 무한 속에서만 서로 합류합니다. 하늘의 구름 사이로 벌어진 커다란 틈새들과 멀리 눈 덮인 산들에 의해서만 전망들이 확립되는 저 카슈미르의 정원들처럼 말입니다…….

당신네 나라들의 풍경들은 당신들에게 그토록 귀중한 인간 존엄성에 대한 관념을 동요시키지 않습니다. 당신들이 인간의 작품과 비교할 수 없는 자연 풍경은 존재하지 않습니다. 산맥의 위력은 고요한 위대함의 감정들만을 불러일으키지만, 당신들에게는 인간들의 힘보다 더 큰 힘의 존재에 대한 감각을 줄 수 없을 것입니다. 바람에 휘어졌다가 다시 일어나는 초목의 무질서한 움직임 같은 것 말입니다. 그 움직임은 뾰족한 산 정상으로부터 한결같이 강력한 밀도로 바다 속까지 곤두박질하는 눈사태가 일으키는 흰 포말처럼 잦아듭니다. 저는 어떤 신적인 힘에 대해 말하는 것이 아닙니다. 그 반대로. 그 힘을 인식할 때 우리를 사로잡는 그것의 비인간적이고 이해할 수 없는 식물적 성격을 말하는 것입니다.

사유에 몰두하는 서양 정신과 동양 정신 사이에서 저는 우선 방향의 차이가 포착된다고 생각합니다. 저는 차라리 방식의 차이라고 말하고 싶습니다. 서양 정신은 우주의 구도를 제시하고, 이 구도의 이해할 수 있는 이미지를 주고자 합니다. 다시 말해 그것은 미지의 사물들과 기지의 사물들 사이에 일련의 관계들, 즉 지금까지 모호한 상태로 남아 있었던 사물들을 이해하게 해줄 수 있는 관계들을 확립하고자 합니다. 서양 정신은 세계를 자신에 예속시키고자 하며, 자신의 행동 속에서 어떤 긍지를 발견합니다. 그것은 자신이 세계를 보다 많이 소유한다고 생각하기 때문에 이 긍지가 그만큼 더 위대하다고 봅니다. 반면에 동양 정신은 인간 그 자체에는 아무런 가치를 부여하지 않습니다. 그것은 그로 하여금 인간적 집착을 끊어 주게 해주는 사유들을 세계의 움직임들 속에서 발견하려고 노력합니다. 하나가 세계를 인간에게 가져다 주고자 한다면, 다른 하나는 인간을 세계에 바칠 것을 제안하고 있습니다…….

　벽지를 장식하는 마법적 그림들이 사원의 신들 앞에서 그런 것처럼 상징의 관념은 당신네 학자들 앞에서 꼼짝없이 움츠러들었습니다. 라마교 사원의 조각상들에서 일련의 이상한 마귀들을 보는 자들은 이러한 당신네 학자들과 마찬가지로 우리를 제대로 이해하지 못합니다. 삶이란 가능성들로 이루어진 무한한 영역입니다. 여러 개의 팔을 지닌 우상, 죽음의 무도는 항구적인 변모 속에 있는 세계에 대한 **알레고리들**이 아닙니다. 그것들은 **이런 팔들을 필요하게 만든** 어떤 비인간적 삶이 배어든 존재들입니다. 당신들이 그물을 통해 심해에서 잡아올린 거대한 갑각류들처럼 이 존재들을 관조해야 합니다. 양쪽 다 우리를 당황하게 만들며, 우리 안에 있는 단순한 무엇을 갑자기 보여주고, 우리의 존재들과는 아무런 연관이 없는 존재에 대한 관념을 우리에게 불러일으킵니다. 그러나 전자들이 모래의 무장한 형상들에 불과하다면, 후자들은 초인적인 것의 중재자들입니다.

신의 형상들의 창조는 신성한 예술입니다. 예술가의 오랜 명상, 순수한 삶, 수도원의 엄격함만이 예술가에게 매우 강력한 신비한 감정을 자신 안에서 발견하게 해주며, 이 감정이 그로 하여금 그것에 새로운 형태를 부여하지 않을 수 없게 만듭니다. 불안에 찬 어떤 황홀경으로부터 태어난 이 형태가 그것을 응시하는 사람에게 가져다 주게 되어 있는 것은 어떤 관념이 아닙니다. 그것은 어떤 특수한 조직 해체(désorganisation)이고, 세계의 힘들 가운데 하나 앞에서 느끼는 감동입니다.

저는 의도적으로 '감동'이라는 말을 썼습니다. 당신들이 우리를 이해하려고 할 때, 당신들을 멈추게 하는 것은 우리가 볼 때 사유와 감동이 분리되지 않는다는 점입니다. 사랑이 당신들의 삶에 결합되어 있듯이, 사유는 우리의 삶에 결합되어 있습니다. 당신들은 세계의 면모들에 대한 별개의 많은 관점들을 갖고 있다고 생각합니다. 당신들이 그것들을 지닌 것은 오로지 당신들로 하여금 세계를 그렇게 이해하도록 만드는 당신들의 사유가 안고 있는 병 때문입니다. 당신들은 인간 안에서 몇몇 감정들과 그것들의 가장 공통적인 원인들을 구분해 냈습니다. 그러나 당신들은 당신들이 총칭적으로 '인간'이라 부르는 것 안에는 존재하지 않은 항구적인 무엇이 있다고 생각합니다. 당신들은 물고기들의 움직을 주의 깊게 기록하지만, 이 물고기들이 물속에 살고 있다는 점을 발견하지 못한 매우 진지한 학자들을 닮았습니다.

산만하게 흩어진 세계에 직면하여 정신이 첫번째로 필요한 것은 무엇입니까? 그것을 포착하는 것입니다. 우리는 그것의 이미지들을 토대로 그것을 포착할 수 없습니다. 왜냐하면 우리는 그 이미지들이 지니고 있는 과도적인 것에 우선적으로 민감하기 때문입니다. 우리는 이 세계를 그것의 리듬들에 입각해 포착합니다. 세계를 안다는 것은, 사랑을 안다는 것이 그것을 분석하는 것이 아니듯이 세계를 하나의 체계로 만드는 것이 아닙니다. 그것은 세계에 대한 강렬한 의식을 지니는 것입니다. 우리의 사상은(그것이 독단적 투쟁에 이용되지 않을 때) 당신들의 사상과는 달리 어떤 인식/지식의 결과가 아니라, 이 인식의 골격이고 준비입니다. 당신들은 우리가 체험하는 것을 분석합니다. 우리는 체험하기 위해 생각합니다.

극동의 사상가가 볼 때 단 하나의 지식, 즉 우주에 대한 지식만이 획득될 만한 가치가 있습니다. 그는 상호적으로 계속되는 사유와 감성의 상태들을 확립된 규칙들에 따라 자신 안에서 창조하는 데 전념합니다. 이 상태들은 처음부터 일정한 방향으로 유도되어 가정(假定)들인 정신의 관점들에 확신의 성격을 마침내 부여하게 됩니다.

세계는 존재하는 모든 사물들에 침투하는 두 리듬[26]의 대립이 낳은 결과입니다. 그것들의 절대적 균형은 무(無)라 할 것입니다. 모든 창조는 이 균형이 깨짐으로써 비롯되며, 차이에 불과할 수밖에 없습니다. 이 두 리듬은 그것들이 남성과 여성의 대립에서부터 항구성과 변화라는 관념들의 대립에 이르기까지

---

26) 음양을 말한다.

대립을 인간적으로 표현하는 데 소용된다는 점에서만 현실성을 지닙니다.[27]

당신들이 조국에 대한 감정을 갖고 있듯이 우리는 당연히 우주에 대한 감정을 갖고 있으며, 이 두 감정이 결정하는 감성의 상태들은 다음과 같은 점에서만 다릅니다. 즉 우리의 열광은 어떤 선호에 기대고 있지 않다는 것입니다. 당신들이 조국에 대한 감정에 역사의 틀을 부여하고 있듯이 우리네 사상가들은 하나의 학설에 깊이 젖어 있습니다. 노장사상가들의 학설은 당신네 사상가들이 당신들에게 구축물들을 제안하듯이 그들에게 리듬들을 제안합니다. 그것이 그들에게 가르치는 것은 형태들 속에서 하찮은 사물들, 어제 생겨났다가 이미 거의 죽어 버린 사물들, 나이를 모르는 강 속에 계속적으로 흐르는 물결과 유사한 그런 사물들만을 보라는 것입니다. 그리고 특별한 호흡법과 때로 거울의 관조는 흔히 매우 긴 시간이 지나면 그들로 하여금 외부 세계에 대한 의식을 잃게 해주고, 그들의 감성에 극도의 강렬함을 줍니다. 명상의 출발점이었던 관조에서 빠져나온 이미지들은 소멸합니다. 그들은 자신 안에서 리듬들에 대한 관념만을 만나며, 이 관념에 강력한 열광이 연결됩니다. 관념과 열광은 결합되어 모든 의식이 상실될 때까지 상승하며, 이와 같은 상실 속에서 원리와의 합일이 이루어집니다. 왜냐하면 리듬들의 통일성은 이 원리 속에서만 되찾아지기 때문입니다.

---

27) 노자의 《도덕경》 제1장과 비교해 볼 수 있다.

A. D.가 링에게

친구에게,

유감스럽게도 그 모든 것은 임의적이라 생각됩니다. 가장 나쁜 체계만큼이나, 또 우리의 철학들 가운데 가장 허구적인 것만큼이나 임의적입니다. 사유가 서양에서 가져다 주는 오만하지만 가련한 즐거움 그 이상을 얻기 위해 당신들이 우리처럼 사유를 세계로부터 분리시키지 않으려고 기울였던 노력을 이해합니다(당신들을 알고 있는 유럽인들이 보통 이의를 제기하는 호흡의 통제는 나를 별로 붙들지 못합니다. 그것 자체만으로는 수준 낮은 마술의 효과만을 냅니다). 또 나는 당신네 감정들이 우리네 감정들보다 비인격적인 대상들에 훨씬 더 몰입할 수 있다는 것도 압니다. 당신들은 당신네 조상들이 살아 있든 죽었든, 당신들의 아내들에 대해서보다 더 그들에 대해 애정이 있습니다. 당신들이 받은 교육은 당신들의 감정들 가운데 추상적인 것에 종속된 감정들을 강화시키는 데 전념합니다. 그리고 추상적인 것들은 당신들로 하여금 여자들, 금 혹은 지배가 해주리라 생각되는 것보다 더 명철하게 당신들의 감성을 지키도록 해주며, 그것의 고유한 삶을 구별하게 해줍니다.

당신들의 탐구의 기원에는 어떤 믿음 행위 같은 것이 있다고 생각됩니다. 그것은 원리의 존재에 대한 믿음 행위가 아니라 당신들이 이 원리에 부여하는 가치에 대한 믿음 행위입니다. 황홀경 속에서 사상가는 당신네 현자들이 가르치듯이 절대와 일체가 되는 것이 아닙니다. 그는 자신의 감성이 다다른 극점을 '절대'라 부르고 있습니다. "법열들은 동일한 것이다. 왜냐하면 모든 법열들은 세계가 끝나는 지점에서 시작되기 때문이다"라는 당신네 철학자들의 논지는 아무 가치도 없다고 생각되며, 그들이 그것들로부터 끌어내는 결과들 또한 아무 가치가 없습니다. 아날로지는 규정된 사물들 사이에만 존재합니다. 규정되지 않은 것은 그 자체와 유사하지 않으며, 아날로지의 세계 밖에 존재합니다. 여기서 중요한 것은 **어떤 식으로든** 의식을 잃는다는 것뿐입니다. "세계의 영혼과 결합된다는 것은 의식 자체를 발견하는 것입니다"라고 그들은 나에게 말합니다. 나는 "**하나의** 의식, **하나의** 관념……"이라 대답하고 싶습니다. 그러나 죽음이라는 가장 아름다운 제안은 허약함에만 해법이 됩니다…….

이 모든 것에서 나를 붙드는 것은 감성이 그것 자체로부터만 얻는 그 움직임들에 부여된 중요성입니다. 나는 우리들 서양인들 가운데, 또 당신네 상인들 가운데 이런 움직임들에 의해 삶이 결정되는 자들이 있음을 압니다. 나는 우리들 모두가 이 움직임들에 좌우된다고 짐작합니다. 내가 중국을 관찰한 지 2년이 되었습니다. 중국이 나의 내부에서 우선적으로 변모시킨 것은 인간에 대한 서양적 관념입니다. 이제 나는 인간을 그의 강렬함과 독립해서 생각할 수 없습니다. 우리가 우리의 가장 통찰력 있는 일반적 관념들을 우리의 행동을 이해하는 데 적용하려 할 때, 얼마나 그것들이 왜곡되어 있는지 느끼기 위해서는 심리학 개론서 하나만 읽어도 됩니다. 우리의 탐구가 전진함에 따라 그것들의 가치는 사라지게 되며, 우리들은 이해할 수 없는 것, 부조리한 것, 다시 말해 특수한 것의 극점에 부딪치게 됩니다.

이러한 부조리의 열쇠는 삶에 따라다니는 언제나 상이한 그 강렬함이 아니겠습니까? 우리의 의지적인 기지(既知)의 삶, 그리고 절대적인 자유 속에 확대되는 은밀한 몽상들과 감각들로 이루어진 보다 숨겨진 우리의 삶은 이 강렬함을 건드리고 있습니다. 한 남자가 왕이 되거나 행복한 연인이 되는 것을 꿈꾼다고 해서 그의 일상적 몸짓들에서 변하는 것은 아무것도 없습니다. 그러나 사랑이나 분노, 어떤 정열이나 충격이 그로 하여금 어찌할 바를 모르게 만든다면, 타인의 행동들은 그가 열광하게 되느냐 의기소침하게 되느냐에 따라 힘 있게 혹은 허약하게 그의 내부에서 울릴 수 있을 것입니다. 베르테르는 죽음을 제안하는 것이지만 이 제안은 어떤 순간들에만 특정인들에게 받아들여집니다. 그리고 사랑, 다시 말해 한 여자를 정복하려는 의지와 구분해야 하는 사랑으로서 공유된 사랑 역시 이상한 숲이 아니겠습니까? 우리의 행위들과 의지 아래서 감성이 마음대로 놀고 괴로워하며, 때때로 마치 우리가 **우리의 감정들에 싫증이나** 더 이상 그것들을 견딜 수 없는 것처럼 그것이 우리들을 분리시키는 그런 숲 말입니다. 왜냐하면 그런 감정들은 사건들에 의해서보다 그것들의 생명력 자체에 의해 훨씬 확실하게 변하기 때문입니다. 심층적 삶은 불확실의 승리이고, 어떤 유일한 우연의 구축, 끊임없이 재개되는 그런 숙명적 구축입니다……

링이 A. D.에게

귀하에게,

  글쎄, 그 모든 것이 당신이 믿음 행위라 부르는 것에 토대하고 있다는 것을 누가 부정할 생각을 할 수 있겠습니까? 당신이 말하는 바대로 그런 행위는 임의성 자체입니다. 사실입니다. 그러나 그렇다면 무엇이 당신으로 하여금 다른 사람들과 더불어 살게 만들고, 그들을 이해하게 해줍니까? 어디로부터 당신의 힘은 비롯됩니까? 그리고 당신들이 현실에 대해 지니는 의식이 하나의 신봉이 아니라면 대체 무엇이란 말입니까? 당신들이 당신들의 문명을 다소 불신을 가지고 고찰한다고 해서 당신네 죽은 자들, 당신들의 욕구들, 그리고 당신들의 삶의 중심 자체에 잠자고 있는 그 비극적 우연으로부터 해방되었다고 생각합니까? 게다가 저의 편지는 당신에게 하나의 방향과 그 끝을 보여주고자 했던 것뿐입니다. 제가 당신에게 편지를 썼을 때 감성의 움직임들은 저의 관심사였으며, 모든 인간이 지닌 임의성을 적절하게 나타낼 수 있는 몇몇 차이들도 역시 저의 관심을 끌고 있었습니다.

  제가 유럽인들에 대해 조금씩 얻게 되는 지식은, 당신의 편지가 기회를 주는 한 저로 하여금 그런 글을 쓰도록 부추깁니다. 관념들이 당신들 안에서 만들어 내는 그 강렬함은 오늘날 당신들의 삶을 관념들 자체보다 잘 설명하고 있다고 생각됩니다. 당신들에게 절대적인 현실은 신이었고, 그 다음에는 인간이었습니다. 그러나 신에 이어서 **인간은 죽었습니다.**[28] 그리하여 당신들은 그가 남긴 이상한 유산을 맡길 수 있는 자를 불안하게 찾고 있습니다. 제가 보기에는 절제 있는 허무주의들을 위한 당신들의 조그만 구조적 에세이들이 보다 오래 살아남을 것 같군요…….

당신들의 합의가 이루어졌던 그 세계, 당신들이 현실이라 부르는 그 세계에 대해 당신들은 어떤 의식을 지닐 수 있습니까? 차이의 의식. 세계에 대한 총체적 의식은 죽음이고, 당신들은 이것을 이해했습니다. 그러나 당신들이 죽음에 대해 지니는 의식은 질서 있게 정돈되어 있으며, 따라서 그것은 정신입니다. 가련한 의지처이고, 고요하게 물에 비치는 반영에 불과합니다……. 유럽인들의 심리적 삶의 역사, 즉 새로운 유럽의 역사는 동등한 강렬함 때문에 무질서하게 되는 감정들이 정신에 침투하는 역사입니다. 자신들에게 사유를 극복하게 해주고, 살아가게 해주는 그 고유한 인간(l'Homme)[29]을 유지하는 데 전념하는 그 모든 사람들의 비전은 아마 제가 서양으로부터 가져가게 될 마지막 비전이 될 것입니다. 하지만 이 인간이 지배하는 세계

---

28) 니체가 선언한 '신의 죽음'에 이어 나오는 이와 같은 '인간 죽음'의 선언은 푸코의 것보다 40년 앞서 나오고 있다. 철학자 푸코가 1966년 《말과 사물》에서 19세기 이후로 서구 정신을 받쳐 준 에피스테메, 즉 '지적 하부 구조'로서 역사를 설정한 '주체-인간'의 죽음을 선언하고 있음을 상기할 때, 독자는 여기서 청년 예술가 말로의 탁월한 선구적 직관과 마주하고 있다.

29) 서구 정신이 낳은 최후의 인간을 말한다.

는 그들에게 나날이 점점 더 낯설게 되고 있습니다.

A. D.가 링에게

상하이에서

친구에게,

나는 왕로흐(Wang-Loh)를 만났습니다. 오래전부터 나는 그분에 대한 궁금증이 있었습니다. 그러나 나는 백인들에 대한 그분의 증오를 알고 있었기에 그분을 찾아볼 생각은 하지 않았었습니다. 그분이 힘이 있었을 때의 그 태도, 그분의 거의 은밀한 교육, 그분을 둘러싸고 있는 존경은 깊고 아름다운 삶의 인상을 줍니다. 그분은 나와 대담을 나누고 싶어했고, 나는 이런 기회를 갖게 된 것이 기뻤습니다.

그분은 아스토르 호텔에 묵고 있었습니다. 그분은 영국식의 커다란 방에서 저를 맞이했습니다. 키가 훤칠하고, 턱수염을 길렀으며, 머리를 짧게 깎고 있었습니다. 긴 이를 지녔고, 턱은 두드러졌으며, 너무도 마른 모습이었기 때문에 보호용 안경 뒤의 째진 두 눈은 짧은 코에 의해 분리된 두 개의 커다란 검은 반점처럼 보였습니다. 비늘 같은 안경에 해골 같았습니다……. 대단한 기품을 지녔습니다.

그분은 먼저 나에게 질문을 했습니다. 그분은 자신이 증오에

74

찬 관심을 보이고 있는 유럽에 대해 어떤 징표들을 기대했습니다. 그리고 중국에 관해서 이렇게 말했습니다. "충격에 대한 공포밖에 모르는 수백만의 무심한 자들과 거친 군벌들은 중요한 게 아닙니다. 대학의 하찮은 것들에 중독된 바보들도 중요하지 않습니다. 유럽이 정복하면서 동시에 혐오하는 우리의 가장 훌륭한 정신들의 상태, 이것이 오늘날 중국에서 중요한 것입니다."

나는 그분의 말을 들으면서 정신의 귀족주의만이 존경을 받을 만하다는 생각을 세번째로 느꼈습니다. 이 점에서 그분은 훌륭한 중국인입니다. 게다가 성심을 다하지만 세련됨을 잃지 않는 그분의 접대가 주는 매력, 그분의 절제된 동작(그는 새끼손가락의 긴 손톱을 자르지 않았습니다)은 제가 유럽에서 관찰할 수 있었던 그 어떤 것보다 더 큰 교양의 인상을 줍니다. 그는 무역에 개방된 항구들의 상업 지구들에서 몸짓을 많이 하며 소리를 지르는 중국인들과는 다른 종족에 속하는 것 같습니다. 그가 지닌 매력과 힘의 비밀은 한편으로 그의 견자적(見者的)인 문장이 주는 서구적 이미지들과, 다른 한편으로 그의 미소를 보면 거짓일 수도 있는 것 같은 그의 말이 지닌 고요함 사이의 대비 속에 있는 것 같습니다. 그 낯선 미소는 즐거운 것도 빈정거리는 것도 아닙니다.

"연극은 매우 특수한 힘을 발휘합니다. 대(大)불안의 연극. 신들에도 인간들에도 의지하지 않고 살아가는 데 성공한 하나의 체계, 인간의 체계들 가운데 가장 위대한 체계의 파괴와 박살입니다. 박살이에요! 중국은 폐허가 된 건물처럼 흔들리고 있습니다. 그리고 불안은 불확실성으로부터도, 투쟁으로부터도 오지 않고 들썩거리는 이 지붕의 무게로부터 오고 있습니다……."

"유교가 산산조각이 나면 이 나라는 무너질 것입니다. 저 모든 사람들은 유교에 의지하고 있습니다. 유교는 그들의 감성, 그들의 사상, 그리고 그들의 의지를 만들어 주었습니다. 그것은 그들에게 그들 인종의 의미를 부여해 주었습니다. 그것은 그들의 행복이 지닌 얼굴을 만들어 주었습니다……."

"무너짐의 시작은 아직도 서 있는 것의 성격을 분명히 해줍니다. 저들이 2천5백 년 동안 추구한 게 무엇입니까? 인간에 의한 세계와의 완전한 동화입니다. 왜냐하면 그들은 자신들이 세계에 대한 파편적 의식이기를 원했기에, 그들의 삶은 이 세계의 서서한 포획이었기 때문입니다. 그들이 추구한 완벽은 그들이 의식했던 힘들과의 합일이었으며, 그리고 또한……."

나는 그 다음에 이어진 말들을 이해하지 못했습니다. 나는 그분에게 이렇게 말했습니다. "……그것이 당신이 개인주의라고 명명하는 것과 대립되는 것입니다. 그것은 해체입니다. 아니 그보다 각각의 사물이 지닌 가장 높은 특질을 그것에 주고자 하는 욕망에 의해, 다시 말해 이 특질을 감지하는 의식에 의해 지배되는 정신이 어떠한 구축(물)도 배척하는 그런 거부입니다……. 그런 사상은 그 자체 안에 힘의 거부라는 병을 간직하고 있습니다. 중국은 예전에 힘을 저속한 보조 수단으로 삼았지만 오늘날 그 힘을 추구하고 있으며, 그것에 모든 중국 젊은이들의 지성을 바치고 있습니다. 악신들에 바치는 봉헌물처럼 말입니다."

"……세계는 지난날 우리의 감성이었던 예술 작품을 다시는 되찾지 못할 것입니다. 문화의 귀족주의, 베일에 가려진 동일한 천재의 이중적 얼굴인 지혜와 아름다움의 추구……. 그것들의 통탄할 잔해들이 안푸당[30]으로부터 가장 저급한 정치 집단들에 이르기까지 선전 깃발과 함께 땅바닥에 굴러다니고 있는 것을 보십시오……."

"우리들 가운데 중국의 과거에 어울리는 사람들은 하나하나 사라지고 있습니다. 이제 어느 누구도 (…) 이해하지 못합니다……. 우리의 비극은 이 비극을 이끌고 있는 저 피비린내나는 코미디언들도 아니고, 우리가 매일 밤 다시 보는 죽음의 성좌들조차도 아닙니다. 적갈색 평원의 제국이 상처입은 야수처럼 몸을 비틀고 있는데, 역사의 이 모든 게임이 무슨 중요성이 있습니까?"

그분은 흥분하지 않고 항상 천천히 이야기했으며 미소를 지었습니다.

"그러나 보다 심각한 비극이 이곳에서 진행되고 있습니다. 우리의 정신이 조금씩 공허하게 **비워지고** 있다는 사실입니다……. 유럽은 유럽식 옷을 입는 그 모든 젊은이들을 정복하고 있다고 생각합니다. 그들은 유럽을 증오합니다. 그들은 민중이 '유럽의 비밀'이라 부르는 것을 유럽으로부터 기대하고 있습니다. 유럽에 대항하는 방어 수단들 말입니다. 그러나 유럽은 그들을 유혹하지 못한 채 그들 속으로 침투하며, 그들로 하여금——유럽의 힘에 예민하게 만들 듯이——모든 사상의 무(無)에 예민하게 만들고 있습니다."

---

30) 군벌인 탕지야오(당계요)의 측근들이 위안스카이 사망 후 의회 선거에서 승리해 권력을 잡기 위해 결집한 정당이다.

"불행하게도 우리는 우리 자신을 이해합니다. 그래서 결코 우리는 무한을 애써 지향하는 불확정적인 우리의 세계를 당신들의 알레고리 세계와 일치시키지 못할 것입니다. 이 두 세계의 대면으로부터 탄생하는 것은 무심으로 가득 찬 잔인한 천재처럼 임의성의 지고한 왕국입니다……."

그분은 망설이면서 말을 멈추었습니다. 그분의 시선은 창문에 비치는 햇빛으로 향하였다가 소멸했습니다. 침묵이 흘렀습니다. 이어서 그분은 많은 아시아의 젊은이들이 도교(道敎)[31]에 기울이는 관심에 대해 암시하면서 보다 심각한 어조로 이렇게 말했습니다.

"중국의 오래된 사상은 그들이 생각하는 것 이상으로 그들 속에 침투하고 있습니다. 그들을 도교로 밀어붙이는 그 불같은 열정은 그들의 욕망을 정당화시키고, 그들에게 보다 큰 힘을 부여하는 방향으로만 가고 있습니다. 게다가 정신들이 세계 전체에서 드러내는 불확실성은 그들을 지난날의 교의들로 되돌리고 있습니다. 버마와 실론에서 불교도들의 근대주의, 인도에서 간디 사상, 유럽에서 신(新)가톨릭 사상, 이곳에서 도교……. 그러나 도교는 그들에게 리듬들의 존재를 가르치면서, 또 그들로 하여금 《도덕경》의 행간에서 보편적 리듬들을 찾도록 유도하면서, 그들이 하나의 강력한 문화로부터 멀어지게 하는 데 기여했습니다. 이 문화가 힘이 있었던 것은 인간의 영속적인 창조들에 쾌락의 가능성을 덧붙여 주었기 때문이다……. 그런데 이제 그들에게 남은 것은——시험삼아 하는——파괴의 광

---

31) 노장 사상의 종교적 성격을 상기하면 될 것이다.

포한 욕망뿐입니다. 그들은 보여줄 수 있는 게 상호적인 부조리뿐인 하나의 삶과 하나의 사상에 격노하고 있습니다. 창안하고, 돈을 모으거나 영토를 통합하고, 세계를 설명하기 위해 쓸데없는 심리학을 공부하거나 알레고리를 만들어 내는 것, 그 모든 것은 헛되고 절대적으로 헛된 것입니다. 우리는 우리 자신에게 관심을 기울일 수 없습니다, 이해하겠습니까? 유럽인인 당신은 이 말을 이해하겠습니까? 우리 내부에서 혹은 우리 앞에서 펼쳐지는 광경들에 대해 말하자면, 그것들이 우리에게 지금 가져다 줄 수 있는 게 혐오와 비참 말고 무엇이 있겠습니까…?"

그분은 끊임없이 미소를 지었습니다. 그의 몸은 나의 방향으로 기울어져 있었고, 책상 위에 놓여진 손은 약간 떨리고 있었으며, 변함없이 느린 목소리는 침통한 어조를 띠었습니다. 그러나 그분은 몸가짐을 바로잡았습니다. 미소가 다시 얼굴의 표정에 변화를 주었습니다. 그러면서 그분은 나를 이런 말로 배웅하였습니다.

"나는 우리의 명절날이 병든 어린아이들이 기리는 혁명 기념일이 더 이상 아니었고, 연합군의 영리한 병사들이 하궁(夏宮)에서 제국에 1천 년 동안 바쳐졌던 값진 기계적 장난감들을 훔치고, 진주들을 짓밟아 박살내고, 조공국 왕들의 궁정용 외투로 자신들의 장화를 닦으면서 달아났던 그 밤[32]의 기념일이었

32) 제2차 아편 전쟁에서 영불 연합군이 저지른 만행, 그리고 동·서양 건축 예술을 조화한 아름다운 궁전 원명원의 약탈과 방화를 상기할 것. 이 약탈과 방화에 참여한 영국 식민주의자 고든은 "우리는 가장 야만적인 방식으로 세계에서 가장 고귀한 재부(財富)를 파괴하였다"고 자인했다 한다.

다면 좋았으리라 생각합니다.

승강기 앞에 이르렀을 때 나는 뒤돌아보았습니다. 문틀에 둘러싸인 그분의 옆모습이 빛 속에서 뚜렷히 드러났습니다. 합장하고 있던 두 손이 다시 떨리고 있었으므로 나는 내려가면서 생각했습니다. 그분은 그분이 조금 전에 상기시켰던 불행에 지난날의 의례가 요구했던 짧은 인사의 경의를 바치고 있다고 말입니다.

링이 A. D.에게

귀하에게,

저는 당신이 왕로흐와 대담을 나누었다고 쓴 편지를 여러 번 읽었습니다. 제 방의 창문은 열려져 있었고, 다섯 시의 햇살과 도시의 조용한 속삭임이 시원한 공기와 더불어 방 안으로 들어오고 있었습니다. 저는 외출했습니다. 그 노인의 말에 담긴 슬픔·불안이 저를 쫓아다녔기 때문에 밤이 된 지금에야 당신에게 편지를 쓰고 있습니다. 그 모든 것들에 대해 나 자신보다는 당신과 이야기를 나누고 싶어서 말입니다.

그 노인은 중국이 소멸할 것이라고 생각하고 있습니다. 저역시 그렇게 생각합니다. 그분의 젊은 시절을 둘러싸고 있던 중국은 감정들에 관심을 기울였던 이 나라의 예술·기품·문명·정원, 그리고 말세적인 비참과 더불어 오늘날 거의 죽어 버렸습니다. 푸른 청동빛처럼 냉혹한 행동으로 돌아선 북부 중국[33]은 피로 물든 방대한 박물관입니다. 마르모트들이 서식하는 해골들로 뒤덮인 산들과 사막들에 자신들의 그림자를 확산시키는 데 여념이 없는 그 모든 군벌의 장수들에게 이제 시간은 빈정대는 미소조차 짓지 않습니다. 중부와 남부의 지방들은 칸통(광둥)의 그 이상한 정부로부터 모든 것을 기대하고 있습니다. 이 정부는 영국을 좌절시키고 있으며, 영화를 통해 선전을 조직화하면서 현자들을 공경하고 있습니다. 왜냐하면 우리가 서양에서 가장 신속하게 얻은 것은 서양이 지닌 형태들이기 때문입니다. 영화 · 전기 · 거울 · 사진은 새로운 가축들처럼 우리를 유혹하고 있습니다. 도시의 사람들에게 유럽은 기계의 장관 그 이상이 아니게 될 것입니다.

그러나 중국은 없습니다. 중국의 엘리트들이 있습니다. 문관 엘리트는 지난날의 기념물처럼으로밖에 칭송되지 않습니다. 새로운 엘리트, 다시 말해 서양 문화를 받아들인 사람들로 된 엘리트는 문관 엘리트와 매우 다르기 때문에 우리는 서양에 의한 제국의 진정한 정복이 시작되고 있다고 생각하지 않을 수 없습니다. 우리의 과거의 파괴를 나타내는 것은 이제 패배들이 아니라 중국의 승리들입니다. 그리고 이 파괴는 돌이킬 수 없습니다. 왜냐하면 정신의 새로운 귀족 계급——우리가 지금까지 받아들였던 유일한 계급——이 형성되고 있기 때문입니다. 대학생들은 과거에 문관들의 것이었던 영예를 누리고 있고, 자

---

33) 위안스카이(원세개)가 사망한 후 군벌들에 의해 갈라진 중국을 상기시킨다.

신들이 이 문관들에게 바쳐졌던 조용한 존경으로 둘러싸여 있음을 느끼고 있습니다. 이와 같은 새로운 엘리트의 존재, 그리고 이 엘리트에 인정되는 가치는 총체적 변모를 준비하는 중국 문화의 변화를 증언합니다. 우리 문명이 좋아했던 것은 노인들이었고, 노인들을 통해서 노인들을 위해서 이 문명은 이룩되었습니다. 중요한 시험들의 지원자들은 40세가 되어 있었습니다. 오늘날 이제 그들은 겨우 25세입니다. 중국은 젊은이들의 가치, 아니 보다 정확히 말하면 그들의 힘을 인정하기 시작했습니다. 그런데 완전히 젊은이들에 이끌리는 삶들은 우리 문명으로 하여금 신속하게 해체되도록 하지 않을 수 없습니다. 젊은 선원들이 조종하는 정크선의 조각된 뱃머리가 부서지듯이 말입니다. 현재 태어나고 있는 중국의 영혼, 아마 그것을 찾아야 할 곳은 젊은이들을 유혹할 수 있을 만큼 아직은 생명력이 있는 이 오래된 아름다운 배의 부분들일 것입니다. 우리가 쇠약해지는 모습을 목도하고 있는 이 문화가 거의 소멸할 때, 최소한 그것은 소생을 부르고 장식하는 문화들의 저 고도한 아름다움을 여전히 간직할 것입니다…….

왕로흐의 말은 매우 모호합니다. 저는 그분이 사라진다고 한탄하는 것이 유교가 아니라, 다만 그 자신 안에 있었던 완벽의 가능성들이라 생각합니다. 그분은 몇몇 사람들에게 어떤 감동적인 순수성의 취향과 감정들을 불러일으키는 데 성공한 바 있었습니다. 이와 같은 순수한 경이로움들, 도가(道家) 사람들의 그 절대에 도달한 능란한 경우는 별로 없습니다. 유교, 특히 그것의 도덕은 어떤 종교에 의지하지도, 그것을 추종하지도 않고 발전되었습니다. 기독교 도덕은 기독교도들의 마음에 있는 어떤 심층적인 충동들에 연결되어 있습니다. 반면에 유교의 도덕은 사회적입니다. 바로 이 도덕을 통해서 당신이 알다시피 우리 중국인들의 특질들과 사회적 결점들이 형성되었고, 저의 동포들이 자신들의 개성보다는 사회적 상태를 의식하는 성향이 형성되었습니다. 이런 도덕은 교양 있는 정신들에게는 심미적으로 보이고, 다른 정신들에게는 절대적 명령처럼 보이지만, 십자가의 그림자가 당신네 감성들을 짓누르는 것처럼 우리네 감성들을 짓누르지는 않습니다. 그것은 흐트러진 한 묶음의 오래된 법들처럼 우리를 누르고 있습니다.

우리의 대화에서 저를 가장 감동시킨 것은, 파괴된 것 가운데 아무것도 다른 것으로 대체되지 못한 우리의 정신 상태를 보여주기 위해 왕로흐가 사용한 문장들입니다. 유럽인들의 행동들 앞에서 저의 인종이 인간들에 대해 느끼는 불안과 혐오, 저 자신도 그것들을 느꼈습니다. 저는 중국에서 저에게 발송되는 모든 편지들에서 그것들을 만나고 있습니다. 우리의 젊은이들은 유럽 문화가 그들에게 필요하다는 것을 알고 있습니다. 그러나 그들은 그것을 멸시할 만큼 아직은 자신들의 문화에 젖어 있습니다. 그들은 중국에 남아 있으면서 그것을 쉽게 얻을 수 있으리라 생각했습니다. 감정들을 배려하지 않고 그것들에 도달하지 못하는 하나의 문명, 그들은 그것이 외국어처럼 별 위험 없이 체험될 수 있다고 생각했습니다……. 오늘날 원한과 증오에 의해 지배되고 있는 것 같은 정신의 소유자들, 자신들의 인종을 끊임없이 찬양하는 그 고통받는 정신의 소유자들은 아마 어떤 중국적인 위대한 사상이나 행동과 결합되는 데 성공할 것입니다……. 그들 내부에서 서양이 이해할 수 없는 것은 그들을 서양과 갈라 놓는 데 충분할 것입니다. 그러나 그것은 바로 유럽에 대한 감정들이고, 젊은 캉통인들의 전투적인 용기이고, 에너지에 대한 취향이며, 여자들에 대한 사랑이고, 북부의 우리 시(詩)가 지닌 연민입니다. 비어 있는 에너지와 사랑……

해체되는 한 영혼의 상태를 어떻게 표현할 수 있을까요? 제가 받고 있는 모든 편지들은 왕로흐나 저처럼 구애되지 않는 젊은이들, 자신들의 문화를 벗어던지고 당신네 문화에 역겨워하는 그런 젊은이들로부터 옵니다……. 개인이 그들 안에서 태어나고 있고, 파괴와 무정부 상태에 대한 그 이상한 취향이 이 개인과 더불어 태어나고 있습니다. 그러나 이 취향은 정열을 결여하고 있습니다. 자기 자신으로부터 벗어나야 할 필연성이 그 모든 폐쇄된 마음들을 지배하지 않는다면, 창백하게 타오르는 그 거대한 방화들[34]이 이 마음들을 밝혀 주지 않는다면, 그런 취향은 불확실성의 최고의 오락이라 할 것입니다. 아, 죽음의 대신들 모두를 싣고 오는 배들과 백인 짐꾼들, 유럽의 저 기나긴 행렬이 아시아인의 어떤 영혼과 함께 우리를 향해 오고 있는 것을 당신들이 볼 수 있다면 얼마나 좋겠는가! 성서의 동방 박사들, 몽고 제국의 황제들에 파견된 대사들에 비하면 당신네 무리들이 가져오는 것은 얼마나 초라한가! "오, 여왕이여 중국,[35] 나는 그대가 죽기 위해 욕망할 수 있는 모든 것을 그대에게 바치노라."

당신이 우리의 모든 사회적 제도들에서 만나는 정당화 의지

---

34) 방황하는 중국 젊은이들의 파괴적·무정부주의적 태도에서 비롯된 방화를 말한다.

35) la Chine이 여성 명사이기 때문에 여왕으로 의인화되어 있다.

가 이 제도들을 약화시키고 있습니다. 그러나 제안된 모든 정부 형태들 아래에서, 또 천재들의 진저리나는 빈정거림이 즐기는 그 모든 행복의 추구들 아래에서 파괴의 의지라는 힘이 노호하고 있습니다. 조만간 그 어느 누구도 더 이상 감추지 못하게 될 이 힘은 무장을 하고서만 나타나게 될 것입니다……. 우리의 수백만 불행한 자들이 의식하고 있는 것은 정의가 아니라 불의입니다. 행복이 아니라 고통입니다. 그들이 지도자들에 대해 느끼는 혐오는 그들로 하여금 자신들이 공통적으로 지닌 것이 무엇인지 이해하도록 돕고 있습니다. 그들에게 나타나 자신은 정의가 아니라 복수를 요구한다고 외치게 될 인물을 저는 다소 호기심을 가지고 기다리고 있습니다. 민족들의 힘은 힘의 윤리에 의거했을 때 많이 성장했습니다. 그렇다면 오직 증오의 이름으로 죽음의 위험을 받아들이게 될 사람들의 행동은 어떤 것이 되겠습니까? 우리 자신들마저도 포착이 안 되는 새로운 중국이 창조되고 있습니다. 그 새로운 중국은 여러 번에 걸쳐[36] 이 중국을 동요시켰던 저 집단적 감동들 가운데 하나에 의해서 다시 요동칠까요? 예언자들의 노래보다 더 강력한 파괴의 은은한 목소리가 이미 아시아의 가장 먼 곳들까지 울리며 확대되고 있습니다…….

상인들은 거래를 하고 있는데, 부풀어오른 별들은 고요한 잠 위로 주 강(珠江; 웨장 강)에 비치고 있습니다……. 저는 당신에게 무슨 말을 할 수 있을까요…?

---

36) 태평천국의 난으로부터 5 · 4 운동까지 여러 번에 걸쳐 서구 열강의 침략에 반기를 든 민족주의 운동을 상기시킨다.

A. D.가 링에게

친구에게,

자신의 즉각적인 탐구로부터 벗어나 살기를 원하는 사람이면 그 누구의 경우라도, 오직 하나의 신념만이 세계에 질서를 부여할 수 있습니다. 우리 둘 모두가 살고 있는 세계들, 다시 말해 현상들·사상들·행동들로 이루어진 세계들은 신념들을 갖기에는 별로 도움이 되지 못하며, 뒤처진 우리의 마음들은 그토록 많은 정신들이 전념하여 구축했던 하나의 고유한 세계(un Univers)와 하나의 고유한 인간(un Homme)[37]의 해체를 적절하게 누릴 수 있을 만큼 능란하지 못한 것 같습니다.

힘(force)은 두 번에 걸쳐 인간을 벗어나고 있습니다. 우선 그 힘을 창조한 인간을 벗어납니다. 다음으로 그 힘을 포착하려는 인간을 벗어납니다. 머리가 없는 에너지에 봉사하기 위해서 서양의 표출적 힘(puissance)[38]의 요소들은 일시적인 인간적 조합들에도 불구하고 서로 대립하고 싸우고 있습니다. 그리하여 그것들이 원하지도 않으면서 이끌어 가는 세계의 방향/의미는 뉴스 독자들을 벗어나는 만큼이나 그것들을 벗어납니다. 행동들

---

37) 서양이 구축한 고유한 세계와 고유한 인간을 말한다.
38) Force는 동원 가능한 내재적·잠재적 힘을 말하며, puissance는 실제적으로 행사되는 표출적 힘이나 역량을 말한다.

의 예기치 않은 충격들이 이 행동들을 지배하고 있습니다. 현상들을 변모시킬 수 있는 표출적 힘들은 너무도 빠르게 이 현상들을 장악하기 때문에 지성은 그 스스로가 어떠한 현실에도 영향을 미칠 수 없다는 것을 알고 있으며, 자신과 자신을 정당화시키는 신념 사이에 필요한 일치를 창조할 수 없다는 것을 알고 있습니다. 기껏해야 그것은 거짓의 수단들을 포착하면서 기분 전환을 하려 애쓰고 있습니다. 그러나 수단들의 수(數)와 표출적 힘을 확신하고 있는 자에게 그런 몇몇 수단들이 무슨 중요성이 있겠습니까? 무언가 현실을 포착할 수 없다는 관념, 다소 선명한 관념이 유럽을 지배하고 있습니다. 교황과 왕의 투명한 표출적 힘이라 해도 그 힘의 허약성까지도 오늘날 헛된 것이라 생각됩니다. 의식을 가져다 줄 만큼 충분히 고도한 지배력이 더 이상 존재하지 않습니다. 이로부터 인간의 심층적 변모가 이루어질 것입니다. 그 변모는 그것을 요구하는 외침들 때문에 중요하다기보다는 수천 년 동안 외부의 삶이 이루는 세계를 막아 놓았고 견고히 해주었던 장벽들이 무너짐으로써 중요합니다.[39] 친구여, 에너지의 하녀인 무정부적 현실, 사유한다는 것이 흔히 어떤 열등성을 의식하는 것에 지나지 않은 그런 현실 속에서 고심하는 영혼에게 어떤 즐거움이 있겠는가!

퇴락하는 현실은 신화들과 결합하고 정신으로부터 태어난 신화들을 더 좋아합니다. 우리의 문명은 모든 유혹은 지식으로 변화되어야 한다는 훌륭하면서도 어쩌면 치명적인 법칙을 지니고

---

39) 한편으로 혼란을 넘어선 지구촌적 통합 문명의 탄생을 직감하고, 다른 한편으로 동·서양의 교류를 통한 새로운 인간의 모색을 내다보는 통찰을 엿볼 수 있다.

있습니다. 포착할 수 없는 힘들에 대한 비전, 숙명의 해묵은 초상을 서서히 다시 일으키는 그 비전이 이 문명에서 부르고 있는 것은 무엇일까요…?

서구 세계의 중심에는 갈등이 존재하며, 우리가 이 갈등을 어떠한 형태로 발견하든 그것은 희망이 없습니다. 그것은 인간과 인간이 창조한 것 사이의 갈등입니다. 그것은 사상가와 그의 사상, 유럽인과 그의 문명 혹은 현실 사이의 갈등이며, 우리의 미분화된 의식과 공통적 세계에서 그것의 표현 사이의 갈등입니다. 이 공통적 세계의 수단들을 통해서 나는 그 갈등을 현대 세계의 소스라치는 현상들 각각에서 발견하고 있습니다. 이 갈등은 그것 자체와 사실들을 침몰시키면서 의식에게 사라지는 방법을 가르치고, 우리를 부조리의 금속성 왕국들에 준비시킵니다.

표출적 힘의 정복을 목표로 하는 자기 전개는 어떤 긍정에 의해서가 아니라 일종의 기회주의나 한결같은 적응, 혹은 어떤 당 이념의 수용에 의해 지탱됩니다. 그런데 태생적 귀족 계층이 쇠퇴한 이래로 계급의 감정은 우리의 경우 이상한 표출적 힘에 도달했습니다. 다른 사람들과 구별되고자 하는 의지는 환상에만 의지할 수 없습니다. 현실에서 해방되는 것은 이제 우리의 역량 밖에 있을 뿐 아니라, 우리는 현실이 우리에게 쾌락을 가져다 줄 수 있다고 생각할 때는 언제나 그것을 유인하는 경향이 있습니다. 현실은 우리가 정당화를 시험하는 그런 시도들의 세계입니다. 새로움의 욕구에 의지하는 우리의 계급 정신, 당신은 그것을 유행이라는 기호를 통해 알 수 있으며, 이 기호는 당신들이 전념하는 감성의 특질보다 더 잘 알아볼 수 있습니다. 왜냐하면 유럽과 유럽의 강한 영향을 받은 나라들에 특유한 유행——나는 이 말의 의미를 의복·태도·취향 혹은 말의 변화로 사용합니다——은 일시적 귀족 계층이 형성되려는 노력이 나타나는 외부적 기호이기 때문입니다. 이 일시적 귀족 계층의 집단들은 그들이 귀족 계층에 도달하는 데 투입하는 시간이 증가함에 따라 겸손해집니다. 모두에게 공통적인 세계에서 자신의 존재를 부각시킨다는 것은 자신을 구별짓는 것이고, 동일한 종류의 사물들 사이에 차이를 확립하는 것입니다. 우리의 심리적 삶에서, 다시 말해 우리의 인격적 세계에서 보면 그것은 성격상의 차이를 확립하는 것입니다. 이같은 움직임들 가운데 하나는 정당화를 지향하고, 다른 하나는 이와 같은 정당화의 절대적 무용성을 지향합니다. 그것들은 점점 더 분리되고, 우리는 이 분리를 지각합니다. 불일치의 요소들만이 세계로부터 침투하는 이러한 폐쇄된 인간, 이와 같은 이중적 사고 속에 숨겨진 빈정거림이라니!

일부 젊은이들은 자신들 안에서 이루어지는 세계의 변모에 집착합니다. 이 변모는 그들에게 그들의 정신이 살아가기 위해 필요한 차이를 줍니다. 그들의 정신은 이 변모의 하수인이 되고, 구속 없는 어떤 세계의 움직임들을 그들에게 보여주는 것 이외에 다른 행동은 하지 않습니다. 어떤 정열이나 동작 혹은 사유가 재주 부리는 동물처럼 이 움직임들을 미지의 형상들을 따라 휘어지지 않을 수 없게 만들고, 그렇게 하여 그것들을 드러냅니다. 왜냐하면 사유는 사유 자체의 대상이 됨으로써 정열보다 훨씬 더 세계를 공격하기 때문입니다. 한 생명의 살해자, 혹은 법의 투박한 손이 모르는 보다 은밀한 다른 것들의 살해

자는 자신의 죄에 다시금 깊이 젖을 수 있고, **혹은** 그것이 그에게 강제하는 새로운 세계에 젖을 수 있습니다. 특이한 얼굴들이 전쟁의 거울에 모습을 드러냅니다. 우리를 세계와 대립시켰던 열정적인 행위로부터 정열이 바닷물처럼 빠져나갈 때 변하는 것은 우리 자신일까요, 세계일까요?

왕로흐가 나에게 이야기했던 중국 청년들의 사유보다 훨씬 더 우리의 사유는 (…) 벗어던지고 있습니다. 고요한 비탄 속에서 우리는 우리의 행동과 우리의 심층적 삶 사이의 대립을 의식합니다. 강렬함으로서 이 심층적 삶은 정신에 속할 수 없습니다. 정신은 이 사실을 알고 있고, 몇몇 핏방울로 얼룩지는 아름다운 기계처럼 헛돌고 있습니다……. 왜냐하면 심층적 삶 또한 가장 초보적이기 때문입니다. 그렇기 때문에 그것의 표출적 힘은 정신의 임의성을 보여주면서도 우리를 이 임의성으로부터 벗어나게 해줄 수 없을 것입니다. 그것은 정신에게 이렇게 말합니다. "너는 거짓이고, 거짓의 수단이며, 현실들의 창조자이다……." 그러면 정신은 이렇게 대답합니다. "그렇다. 하지만 빛이 멈추는 곳에서 언제나 인간들은 어둠 속에서 풍요를 본다고 생각했고, 너의 풍요로움은 이 사라진 빛의 마지막 반영에 지나지 않는다."

신을 파괴하기 위해, 그리고 신을 파괴한 후 유럽 정신은 인간에 대립할 수 있는 모든 것을 절멸시켰습니다. 노력의 종착점에 도달했을 때, 그것은 정부(情婦)의 시신 앞에 선 랑세처럼 죽음밖에 발견하지 못하고 있습니다.[40] 그것이 마침내 도달한 자신의 이미지를 통해 발견한 것은 자신이 이 이미지에 더 이상 열정을 느낄 수 없다는 것입니다…….

우리가 헌신할 수 있는 이상(理想)은 존재하지 않습니다. 왜냐하면 진리가 무엇인지 모르는 우리는 모두의 거짓들을 알고 있기 때문입니다. 대리석상 신들 뒤에 길게 늘어지는 지상의 그림자는 우리를 이 신들로부터 떼어 놓는 데 충분합니다. 인간은 얼마나 대단한 포옹으로 자신과 결합했던가! 조국·정의·위대함·진리, 이런 것들을 형상화한 인간의 조각상들 가운데 그 어느것이 지난날 사랑했던 늙은 얼굴들처럼, 우리 내부에서 동일한 슬픈 빈정거림을 일으키지 않을 정도로 인간의 손의 흔적을 지니지 않고 있습니까? 이해된다고 해서 모든 광기들이 허용되는 것은 아닙니다. 그러나 어떤 희생들, 어떤 영웅주의들이 우리 내부에서 잠자고 있는지……

물론 보다 높은 신앙이 있습니다. 그것은 마을들의 모든 십자가들, 그리고 우리의 죽은 자들을 지배하고 있는 동일한 십자가들이 제안하는 신앙입니다. 그것은 사랑입니다. 평정은 그 속에 있습니다. 나는 그것을 결코 받아들이지 않을 것입니다. 나는 나의 허약함이 나에게 호소하는 그 평정을 요구하기 위해 신앙에 굴복하지 않을 것입니다.

죽은 정복자들만이 잠자고 있고, 그들의 저명한 이름들로 장

---

40) 랑세(Armand Jean Le Bouthillier de Rancé, 1626-1700)는 프랑스의 수도사로서 한때 세속적인 화려한 성직자 생활을 하였다가 속세를 떠나 트라피스트 수도회에 들어가 개혁을 단행했다. 샤토브리앙의 소설 《랑세의 일생》(1844)에 따르면, 랑세는 사교계를 드나들 때 염문을 뿌리고 다니는 몽바종(Montbazon) 공작부인을 정부로 삼았다. 그런데 그가 부인이 죽었다는 소식을 듣고 그녀의 아파트에 도착했을 때 관 옆에는 그녀의 목이 잘린 채 떨어져 있었다. 관의 치수가 잘못되어 머리만큼의 길이가 짧았는데 새로 관을 맞추지 않고 머리를 자른 것이다. 시트로 대충 감싼 머리가 관 위에서 떨어져 바닥을 피로 물들이고 있었다.

식되어 슬픔이 더욱 깊어지는 거대한 묘지, 유럽이여, 그대는 고독의 늙은 지배자인 절망이 가져다 주는 헐벗은 지평선과 거울만을 나의 주변에 남기고 있구나. 아마 이 절망 역시 그 자신의 생명력을 다하고 죽게 되리라. 멀리 항구에서 사이렌이 주인 잃은 개처럼 울부짖고 있다. 정복된 무기력의 목소리……. 나는 나의 이미지를 관조한다. 나는 이 이미지들을 결코 잊지 않을 것이다.

나 자신의 유동적인 이미지여, 나는 너에 대한 사랑이 없다. 잘못 봉합된 큰 상처처럼 너는 나의 죽어 버린 영광이고, 살아 있는 고통이다. 나는 너에게 모든 것을 주었다. 그러나 나는 내가 너를 결코 사랑하지 않으리라는 것을 안다. 나는 몸을 숙이지 않은 채 너에게 매일같이 평화를 봉헌할 것이다. 탐욕적인 명철성으로서 나는 황토바람이 울부짖는 이 무거운 밤에 수직으로 타오르는 고독한 불꽃처럼 네 앞에서 여전히 불타고 있다. 먼바다의 바람이 나의 주변에서 메마른 바다의 오만한 아우성을 반복했던 그 낯선 밤들에 그랬듯이…….

1921-1925년.[41]

41) 이 시기는 말로가 최초 동양에 대해 관심을 보이기 시작했다고 추정되는 시기부터 밀림에 묻힌 앙코르와트 사원 탐사를 거쳐 사이공에서 반식민지 투쟁을 벌이던 시기까지를 포함하고 있다. 그러니까 이 기간은 그가 이 책을 낼 때까지 동양에 대해 사유한 결과를 결산하는 의미를 띤다.

부 록

앙드레 말로와 동양

《문학 소식 Les Nouvelles littéraires》지 1926년 7월 31자

우리 문명의 본질적 성격은 폐쇄된 문명이라는 점이다. 우리 문명은 정신적인 목표가 없다. 그것은 우리를 행동으로 몰고 가고 있다. 그것의 가치들은 사실에 의존하는 세계, 즉 몸짓 · 아날로지 · 통제의 세계를 토대로 확립된다. 이와는 반대로 아시아의 문명들이 지닌 공통점은 그것들의 가장 고도한 인간적 표현들이 드러내는 수동성이다. 우리가 기독교 공동체로부터 물려받은 인간에 대한 관념은 우리의 근본적인 무질서에 대한 고양된 의식을 토대로 확립되었다. 극동인에게 이런 **무질서는 존재하지 않는다.** 그에게 인간은 행동의 수단이라기보다는 하나의 장소이다. 《서양의 유혹》을 중국어로 번역한 제목을 프랑스어로 다시 번역하면 《동양의 제안들》이 될 것이다.

형이상학에 부여하는 우선권, 모든 아시아 문명들에 방향을 잡으면서 인간 전체를 형이상학의 지배하에 두려는 그 의지는 이 문명들로 하여금 아무리 위대한 개인들이라 할지라도 이들로부터 아무런 이익도 끌어내지 않도록 이끌었다. 이 때문에 지난 세기까지 이 문명들의 안정성이 확보되었고, 이 때문에 우리가 그것들에 대해 예감하는 위험이 비롯된다. 중국과 인도는

그들을 패배시킨 승리자들을 언제나 동화시켰지만, 이 승리자들은 자신들의 정복 목표를 치장하기 위해 중국 혹은 인도의 질서 속에 자리를 잡아야 했던 오로지 호전적인 민족들이었다. 이러한 질서는 지배 속에 한가함이다. 그런데 우리는 일련의 상이한 욕구들을 가져오고 있다. 우리가 거둔 승리들, 우리의 행동들 각각은 다른 승리들과 다른 행동들을 부르지만 휴식을 부르지 않기 때문이다. 악순환인 것이다. 우리 문명의 리듬으로부터 벗어나 그것을 사심 없는 호기심을 가지고 바라본다면 이 문명을 단죄하는 것처럼 보인다. 이 문명은 물질적인 발전 이외에 다른 목표가 없다. 그것은 우리에게 가장 천한 존재 이유들만을 제안한다. 그러나 이와 같은 단죄는 불가능하다. 왜냐하면 우리의 문명은 우리의 필요 욕구들에 의해 유도되고 있기 때문이다. 이 욕구들이 보잘것없는 것이든 아니든 말이다. 투쟁중인 두 문명의 대면이 우리의 내부에서 탄생시키는 것은 그것들이 지닌 이중적 임의성의 발견에 기인하는 일종의 허물벗기이다. 우리의 세계가 다른 것일 **수 있으며**, 우리의 사유 방식들이 우리가 알고 있는 방식들과는 다른 것일 **수 있다**는 느낌을 체험하는 것은 특이할 수 있는 중요성을 띤 자유를 준다. 우리가 아시아에서 생활할 때 유럽에 대해 지니는 시각은 나의 세대 사람들에게 특별히 충격을 줄 수 있다. 왜냐하면 그것은 우리의 문제들에 극도의 강렬함을 부여하고, 하나의 유일 세계, 하나의 제한된 현실이 필연적이라는 관념을 파괴하는 데 기여하기 때문이다. 왜냐하면 나는 우리의 영역이 특히 가능성의 영역이라 생각하기 때문이다. 각각의 세대는 그 세대의 고통에 의해, 이 고통을 극복하고자 하는 욕구에 의해 창조된 세계의 이미지를 가져온다. 우리 세대의 첫번째 선물, 나는 그것이 **자아의 고양에 의해 정당화되는 그 모든 제설(諸說)들 및 개인주의의 파산을 선언하는 것**이라는 신념을 갖고 있다. 내가 볼 때 지적인 범주에서 서양의 가장 중요한 사실은 거의 모든 유럽 청년들이 한 세기의 노력과 단절할 수밖에 없는 필연성이다. 비록 그들의 감성이 아직 이런 노력으로부터 완전히 분리되지는 않았지만 말이다. 인간에 집착했던 19세기의 모든 정열은 자아의 부각을 열정적으로 내세운 그 주장 속에서 개화되었다. 그런데 그토록 많은 폐허 위에 세워졌고 아직도 우리를 지배하고 있는 이 인간과 자아는, 우리가 원하든 원하지 않든 이제 **우리의 관심을 더 이상 끌지 못한다**. 다른 한편으로 우리는 우리가 지닌 허약함의 부름이 하나의 설을 제안하든 신앙을 제안하든, 이런 부름에 귀를 기울이지 않기로 결심하고 있다.

사람들은 어느 누구도 신념이 없이는 행동할 수 없다고 말했다. 나는 어떠한 확신도 없는 그 부재가 확신 자체처럼 어떤 사람들은 수동성으로, 또 어떤 사람들은 극단적인 행동으로 밀어붙인다고 생각한다.

서양 젊은이들의 탐구 대상은 인간에 대한 새로운 개념이다. 아시아는 우리에게 어떤 교훈을 가져다 줄 수 있는가? 나는 그렇지 않다고 생각한다. 그보다는 우리 자신이 현재 어떤 존재인지를 알려 주는 특별한 발견을 가져다 줄 수 있을 것이다. 우리의 정신이 지닌 가장 강력한 법칙들 가운데 하나는 정복된 유혹들이 우리의 정신 속에서 지식으로 변모된다는 것이다.

앙드레 말로

역자 해설

본서 《서양의 유혹 *La Tentation de l'Occident*》은 말로의 문학과 예술을 이해하는 데 매우 중요한 출발점이다. 책의 제목부터가 양면적 의미를 담고 있다. 그것은 한편으로 서양이 동양을 유혹한다고 읽을 수도 있고, 다른 한편으로 동양이 서양을 유혹한다고 읽을 수도 있다. 말로는 《문학 소식》지에 기고한 〈앙드레 말로와 동양〉이라는 글에서 이 제목을 중국어로 번역한 뒤 다시 프랑스어로 번역하면 '동양의 제안들'이 될 수 있다고 말하고 있다. 그러니까 서양의 입장에 선 말로는 이 책을 통해 동양이 인간과 세계에 관해 서양에 제안하는 정신적 형태들을 숙고해 보라고 권유하고 있다. 그렇기 때문에 역자는 '동양의 제안들'이라는 부제를 달게 되었던 것이다.

편지를 교환하는 프랑스 청년 아데(A. D.)는 말로와 같은 나이인 25세이고, 중국 청년 링(Ling)은 23세이다. 이러한 이유로 서로의 호칭이 조금 다르다. 아데가 형이고 링이 동생인 셈이므로 'Cher Monsieur'를 '형에게'로, 'Mon cher ami'를 '아우에게' 정도로 번역할까 생각했다가 당시의 지적 풍토와 말로의 귀족적 취향, 그리고 링의 군자적 인격을 고려해 '귀하에게'와 '친구에게'로 번역했다.

*

25세의 청년 말로는 아시아에서 펼친 모험을 결산하는 첫번째

결실로 이 작품을 내놓았다. 그는 제1차 세계대전이 끝난 직후인 1919년, 그의 나이 18세 때부터 전후의 암울한 분위기 속에서 동양 문화에 대한 관심을 보여 23세 때는 옛 크메르 왕국의 수도 앙코르와트와 메남 강 하구를 잇는 '왕성의 길'——당시에는 밀림에 뒤덮여 있었다——에서 고고학적 탐사를 했다. 그는 도굴 혐의로 기소되었으나 집행 유예를 선고받았으며, 이 사건을 계기로 1925년까지 사이공에서 신문을 발행하면서 반식민지 투쟁을 벌였다. 이 시기에 그는 중국 혁명과 간접적 관계를 맺으면서 중국 문화에 대한 보다 깊은 이해를 하게 되었다.

이 작품에서 그는 제1차 세계대전으로 드러난 '서양의 위기'와 '파산' 앞에서 탈주와 극복을 모색하고 있다. 당시의 지성계는 오스발트 슈펭글러의 《서구의 종말》[42]과 폴 발레리의 〈정신의 위기〉[43]가 상징적으로 나타내듯이, 서구 문명이 종말을 고하리라는 전조적 먹구름에 직면하여 이른바 '오리엔탈리즘' 혹은 '동양의 부름'이라는 이름으로 동양에의 관심이 고조되고 있었다. 특히 이러한

---

42) 슈펭글러는 이 책에서 문명들은 독자적 · 자율적 영혼을 가진 각각의 문화가 남긴 산물들이라고 주장하면서 문명들간의 단절과 불연속성을 강조한다. 예컨대 그리스 문명은 예술적 영혼, 아랍 문명은 마법적 영혼, 기독교 문명은 파우스트적 영혼을 지녔다는 것이다. 서구 기독교 문명은 과거의 다른 모든 문명들이 그러하였듯이 탄생→유년기→청년기→성숙기→노년기→죽음이라는 과정을 거쳐 이제 죽음을 눈앞에 두고 있다는 것이다. 제1차 세계대전은 이런 죽음을 앞둔 병적 징후라는 것이다. 그의 불연속적 역사관은 헤겔 철학이 주장한 연속적 보편 사관을 송두리째 흔들면서 '서구의 몰락'을 예언함으로써 전후 서구 지성계에 엄청난 충격을 주었다. 국내 번역본으로는 박광순 역, 《서구의 몰락》, 범우사, 1995 참조.
43) 발레리는 1919년에 발표한 이 글에서 슈펭글러의 영향을 받아 이렇게 말하고 있다. "문명들, 우리 다른 사람들, 우리 역시 이제 죽음을 면치 못하리라는 것을 알고 있다. (…) 우리는 하나의 문명이 하나의 생명체처럼 동일한 허약성을 지니고 있음을 느끼고 있다." In *Variété 1 et 2*, Idées/Gallimard, no 394, 1978, p.13-14.

움직임의 바람은 패전국인 독일로부터 불어와 프랑스에서 그리스-기독교 문명을 방어하려는 지식인들과 동양을 통해 서구의 한계를 극복하려는 지식인들 사이의 치열한 논쟁이 전개되었으며, 그 중심에 말로 역시 자리잡고 있었다. 반(反)볼셰비키 전선과 반(反)아시아주의의 선봉에 선 앙리 마시스는 《서양의 방어 *La Défense de l'Occident*》라는 저서를 기획하여 그 첫 장(章)을 문예지에 연재하였다. 이에 대한 말로의 반격은 《서양의 유혹》이라는 제목에 그대로 반영되었다. 원래 그는 이 작품의 제목을 그냥 '유혹(Tentation)'이라 붙이려고 했으나 마시스의 책 때문에 제목을 바꾸었다 한다.

동·서양의 충돌이라는 이와 같은 갈등적인 지적 분위기 속에서 출간된 이 서간체 에세이에서 젊은 말로는 탈(脫)주체·탈자아·탈개인주의를 표방하면서 기존의 정신적 질서 및 가치 체계와의 총체적 단절을 외치고 있다. 그는 링을 통해 이렇게 단언하고 있다. "당신들에게 절대적인 현실은 신이었고, 그 다음에는 인간이었습니다. 그러나 신에 이어서 **인간은 죽었습니다.**" 그러니까 말로는 니체가 선언한 '신의 죽음'에 이어 이 죽음을 초래한 '주체-인간'의 사망을 선언하고 있다. 그는 미셸 푸코보다 거의 반세기 이상 앞서 '신의 살해자'로서 인간, 다시 말해 19세기 이후로 역사라는 에피스테메('지적 하부 구조' 혹은 '인식틀')를 창조해 이끌어 온 그 '인간의 죽음'[44]을 표명하고 동양과 마주하면서 새로운 인간을 모색하고 있다. 그는 《문학 소식》지에 실은 〈앙드레 말로와 동양〉에서도 "이 인간과 자아는 우리가 원하든 원하지 않든 이

44) Michel Foucault, *Les mots et les choses*, Gallimard, 1966, p.396. 이 '인간의 죽음'을 들뢰즈는 '자아의 소멸'로 해석하고 있는데, 이 역시 젊은 예술가 말로의 비전을 벗어나지 못하고 있다. 들뢰즈, 권영숙·조형근 역, 《들뢰즈의 푸코》, 샛길, p.199. 이진경, 《노마디즘 2》, 휴머니스트, 2001, p.730에서 재인용.

제 우리의 관심을 더 이상 끌지 못한다"고 못박고 있다. 뿐만 아니라 그는 "우리의 정신이 지닌 가장 강력한 법칙들 가운데 하나는 정복된 유혹들이 우리의 정신 속에서 지식으로 변모된다는 것이다"[45]라고 의미심장한 암시적 언급을 하고 있다.

그렇다면 여기서 일단 이런 질문을 해볼 수 있다. 말로가 탈주체·탈자아·탈개인주의를 구현하는 인간을 추구하고자 한다면, 그것은 과거의 종교와 철학에서 가능한 것인가? 서양 사상의 근본이 인간과 세계, 인간과 자연의 대결을 전제하는 인간 중심적 인본주의인데 그게 가능하겠는가? 답은 《서양의 유혹》에 나와 있다. 말로가 아데와 링을 통해 해석하여 압축적 언어로 제시하는 동양 사상은 이와 같은 인간에 대한 비전과 너무도 접근되어 있지 않은가! 그러니까 말로의 새로운 인간의 탐구 방향은 우선적으로 동양 쪽으로 잡혀져 있는 것이다. 특히 그는 서양의 장점이 모든 유혹을 지식으로 변모시키는 것이라고 강조하고 있다. 그에게 일차적 과제는 동양의 유혹을 지식의 차원에서 정복하는 것이다. 여기서 지식의 차원은 문학적·예술적 차원을 포괄하는 개념이다. 이미 《서양의 유혹》이란 문학 작품에서 말로는 '동양의 유혹'을 지식적 차원에서 정복하기 시작하고 있기 때문이다.

그런데 시작에 불과한 동양 사상의 정복은 이 작품에서 끝나고 마는 것인가? 바로 여기에 이 작품과 이후에 나오는 소설들, 즉 아시아의 3부작과 불가분의 관계가 놓여 있다. 말로의 연구가들은 이 점에 대해서 많은 문제점들을 느꼈어야 할 테지만 그냥 넘어가고 말았다. 그들은 《서양의 유혹》과 광동 혁명을 배경으로 한 첫 소설 《정복자》와의 관계에서조차 피상적인 접근에 머물고 말았

---

45) 이런 언급은 이미 《서양의 유혹》에서 아데가 제시하는 주장을 반복하고 있음을 상기하자. "우리의 문명은 모든 유혹은 지식으로 변화되어야 한다는 훌륭하면서도 어쩌면 치명적인 법칙을 지니고 있습니다."

다. 에세이를 조금만 꼼꼼히 읽는다면 '정복'의 의미가 무엇인지 알 수 있기 때문에 '정복자'라는 제목의 소설을 읽는 데 고심하여야 했다. 두 작품이 연속성을 띠고 있음은 분명한데, 그것들을 이어 주는 심층적 연결고리가 겉으로 잘 나타나지 않고 있음을 해석상의 난제로 생각하고 이것을 풀려고 노력하였어야 했다. 그러나 이런 노력은 이루어지지 않았다. 결국 말로 전문가들에게 아시아는 실존적 운명을 구현하는 무대 정도에 불과하고, 혁명을 강렬하게 성공적으로 이끄는 주인공은 아시아의 변화를 주도하는 유럽 정복자들의 초상을 대변하는 인물로 나타날 뿐이었다.[46)]

바로 이런 해석 때문에 훗날에 말로는 이렇게 언급하지 않을 수 없었던 것이리라. "심층적 성격에서 내가 받은 최초의 영향은 아시아 세계의 영향, 다시 말해 혁명 세계의 영향보다 무한히 더 큰 다른 문명의 영향이었다."[47)] 뿐만 아니라 그는 동양이 자신에게 '정신의 다른 극점'을 형성했다고 술회한 바 있다.[48)] 그러니까 그에게 혁명보다 훨씬 중요한 것은 아시아의 정신 형태들이었던 것이다. 더욱이 소설의 시기가 끝나면서 나오기 시작하는 말로의 에세이 《반회고록 Antimémoires》에서 동양은 서양과 직접적인 대화를 하며 원숙한 명상의 대상이 되고 있다. 그러니까 《서양의 유혹》과 《반회고록》은 동 · 서양의 대화를 동일하게 시도하고 있다. 그

46) 1989년에 나온 갈리마르사의 '플레야드판' 《전집》에서 《정복자》의 〈해제〉를 쓴 미셸 오트랑까지 이런 입장을 취하고 있다. Michel Autrand, 〈Notice〉 sur Les Conquérants, in Œuvres complètes, vol I, op. cit., p.995 참조.

47) 1969년 5월 유고슬라비아 라디오-텔레비전과 벨그라드 주간지 《닌 Nin》과의 대담, in Cahier de l'Herne André Malraux, Edition de l'Herne, 1982, p.19.

48) Roger Stéphane, André Malraux, entretiens et précisions, Gallimard, 1984, p.19.

렇다면 소설 시기는 단절의 시기인가? 단절이라면 동·서양을 양대 축으로 자신의 문학을 펼쳐냈다는 말로의 암시와 모순되지 않는가! 연구자들은 자신들의 연구와 말로의 회고적·암시적 표명 사이의 이런 간극이 어디서 오는지 심각하게 고민하였어야 했을 것이다. 하지만 이런 고민 역시 나타나지 않았다.

이런 괴리를 극복하기 위해서, 다시 말해《서양의 유혹》과 아시아의 3부작――《정복자》《왕도》《인간의 조건》――을 연속성과 새로운 전개로 읽어내기 위해서는 말로의 소설시학에 대한 철저한 연구가 필요했다. 소설들 속에 산재한 수많은 코드화된 담화들에 대한 진지한 검토와 이 코드화를 풀어 주는 열쇠, 즉 말라르메의 시학[49]을 소설의 차원에서 극단적으로 밀고 간 '상징시학'의 발굴이 이루어져야 했다. 뿐만 아니라《서양의 유혹》에서도 나타나듯이 작가의 감성을 통해 새롭게 파편적으로 표현된 언어에 대한 고찰도 이루어져야 했다. 역자는 그동안 소설 텍스트를 완벽하게 코드화시킨 이 독창적 상징시학의 도출과 언어의 연구를 통해 새로운 해석을 시도해 왔다. 이와 같은 해석은《서양의 유혹》에서 서양의 힘이 정신적 개방성과 자유를 통해 동양의 유혹을 지식으로 정복하는 데 있다는 아데의 주장과 일치한다.

광동 혁명을 다루고 있는《정복자》는 유교와 노장 사상의 이원적 정복을 담아내고 있다. 그러나 궁극적으로 혁명 전체가 생성의 끊임없는 변화 속에서 인식됨으로써, 또 주인공 가린의 생사관이 무(無)와 유(有)의 상관적 관계 속에서, 데리다의 용어를 빌리자면 '차연적 관계' 속에서 드러남으로써 유교는 노장 사상에 종속되

---

49) 말라르메의 시학에서 텍스트를 암호처럼 코드화시키는 핵심 기법들은 불연속성·환기·암시·상징·유추이다. 이것들은 개별적으로 작용하는 것이 아니라 하나의 대상에 때로는 하나의 기법이, 때로는 복수의 기법들이 중첩되어 작용한다.

어 소멸한다. 따라서 도가철학에 대한 말로의 애착이 드러난다. 두번째 소설 《왕도》는 작가가 23세 때 고고학적 밀림 답사를 한 '왕성의 길'에서의 모험을 소재로 하여 씌어진 작품이다. 이 소설은 불교, 좀더 정확히 말하면 신비주의적 에로티시즘과 불교가 결합된 탄트라 불교를 문학적으로 형상화한 작품이다. 말로에게 공쿠르상을 안겨 주어 그를 일약 세계적 작가로 부상시킨 세번째 소설 《인간의 조건》은 상하이 혁명을 배경으로 하고 있다. 그것은 소설가가 노장 사상과 불교를 혁명과 융합하여 빚어낸 명작이다. 이렇게 하여 '동양의 유혹'에 대한 말로의 지적·예술적 '정복'은 마감된다. 이러한 정복은 '부활' '변모' '탐구'와 함께 말로의 예술관의 핵심적 개념을 구성하게 된다. 예컨대 첫 소설은 문학적 차원에서 노장 사상의 정복이자 부활이며, 변모이자 탐구인 것이다. 여기서 결국 포괄적인 개념은 '변모'로 설정되며, 말로의 예술 이론은 '변모의 이론'으로 확립된다.

동양 정신으로의 소설적 순례를 마감한 후 말로는 서양 정신의 뿌리로 돌아와 유럽의 3부작을 내놓게 된다. 이 3부작 역시 상징 시학의 정교한 운용을 통해 완벽하게 코드화되어 있기 때문에 이것을 포착하지 못한 그동안의 해석은 한계를 보여주고 있다. 역자가 연구한 결과에 따르면, 첫 소설 《모멸의 시대》는 히틀러 치하의 파시즘에 대항한 투쟁과 그리스 신화, 보다 정확히 말하면 프로메테우스 신화가 실천적 차원과 형이상학적 차원의 두 층을 형성하면서 동전의 양면처럼 결합되도록 창조되어 있다. 스페인 혁명을 빨아 넣고 있는 두번째 작품 《희망》은, 원시 기독교 정신과 구원의 여정을 혁명의 전개를 분절하고 떠받치는 토대로 삼고 있다. 제1,2차 세계대전을 배경으로 한 마지막 소설 《알튼부르그의 호도나무》에서는 그리스의 신화적 인간관을 포용하는 기독교의 고딕적 인간관의 연속성과 변모가 결합된 근본적 인간이 탐구되고 있다.

그리하여 동양과 대비되는 서양 정신의 소설적 정복이 종료된다. 유럽의 3부작에서 말로는 서양 문명을 창조한 주체-인간으로 회귀를 나타내고 있음으로써 《서양의 유혹》에서 탈주체를 선언한 후 동양을 거쳐 서구의 정신적 뿌리로 되돌아오고 있다.

이렇게 소설 세계는 《서양의 유혹》에서 시작되는 동·서양의 대화를 새로운 문학 형태로 연장하고 심화시키면서 고도의 미학적 성취를 이루어내고 있으며, 이 서간체 에세이와 《반회고록》을 연결해 주는 중심에 자리잡고 있다. 그리하여 말로의 작품과 사상의 통일성이 드러나게 된다.

*

《서양의 유혹》은 말로의 문체가 지닌 특징이자 통일성의 윤곽을 최초로 드러내는 작품이다. 흔히 말로의 문학에서 불연속성, 혹은 불연속적 사유가 중요하게 거론된다. 앙리 고다르는 "앙드레 말로의 사유만큼 불연속적인 사유는 없다"고 말하면서 "생략(…)은 그의 스타일에서 가장 일반적인 문채(文彩)이다"라고 규정하고 있다.[50] 그의 소설을 처음 읽는 독자는 줄거리를 파악하는 데도 상당한 노력을 기울여야 한다. 그만큼 그것은 전통적인 서사 기법을 파괴하는 불연속성을 강도 높게 활용하여 독자의 노력과 참여를 유도하고 있다. 뿐만 아니라 그것은 인물들의 담화나 묘사에도 코드화된 불연속성을 밀도 있게 도입하여 파편화된 단상들을 흩뿌려 놓고 있다. 그래서 말로 소설을 규정하는 것 가운데 '파편의 미학'이란 말까지 나오고 있다. 그런데 이와 같은 불연속성이 《서양의 유혹》에서부터 시작되고 있다. 편지의 내용들은 서간문이 지닌

---

50) H. Godard, *L'autre face de la littérature*, Gallimard, 1990, p.15-16.

형식 및 한계와 맞물려 파편적 단상들을 압축하여 불연속적으로 쏟아내고 있다. 이것 자체가 '모델이 없는' 새로움이다. 보통 서간체 양식에서는 이런 측면이 나타나지 않기 때문이다. 이와 같은 단상들은 세부적 추론이나 전개 없이, 혹은 결론을 제대로 내리지 않고 생략을 통해 펼쳐짐으로써 글쓰기의 '현대성'을 보여주면서 독자의 사유를 적극적으로 끌어들이고 있다. 철학적 성찰과 시적 감성이 어우러진 울림들이 스타카토로 낯설게 다가온다. 따라서 그만큼 독자의 입지는 넓어지고 생각할 거리는 풍부하게 제공된다. 작품의 단상들을 연결해 주는 유일한 끈은 서간문 형식이다.

전체적 구성을 보면 첫번째 편지는 아데가, 두번째부터 일곱번째까지 6통을 링이, 여덟번째는 아데가, 아홉번째부터 열한번째까지 3통을 링이 쓰고 있다. 그 이후 열두번째부터 열여덟번째까지는 아데와 링이 계속적으로 교환하고 있다. 따라서 열두번째부터 본격적이고 규칙적인 서신 교환이 이루어지고 있는데, 그 이전을 제1부라 한다면 여기서부터를 제2부라 할 수 있다. 전체 편지 수는 18통인데, 그 가운데 12통이 링의 편지이고 6통이 아데의 편지이다. 그러니까 3분의 2를 링이, 3분의 1을 아데가 쓰고 있음으로써 불균형이 나타나고 있다. 이러한 측면은 이 작품이 병든 동서양 두 문화의 대립을 부각시키고 있는 것 같지만, 본질적으로는 작가가 〈앙드레 말로와 동양〉에서 언급하고 있듯이 '동양의 제안들'을 담아내고 있다는 점과 일치한다. 그것은 어쩌면 당연하다 할 것이다. 왜냐하면 서양의 작가인 말로의 입장에서 볼 때 문제는 서구의 위기에 직면하여 동양으로부터 무엇을 기대할 수 있는 것인가이기 때문이다. 동양의 문제는 동양인들이 풀어야 할 과제인 것이다. 그리고 특이한 점은 첫번째 편지에서 수신자가 링으로 되어 있지 않고 수신자 자체가 없다는 것이다. 그것은 이탈을 의미하며, 서간 형식의 구조 자체를 부분적으로 파괴하고 있다. 아데는 아시아로 배를 타고 여행하는 중에 선상에서 시적 편린들을 단속적으로 펼쳐내고 있다. 그러니까 이 편지에서 아데는 아시아의 몽상적 풍경과 이 대륙에서 백인들의 역사적 모험을 뒤섞어 상상의 나래를 펴면서 미지의 세계에 자신을 개방해 놓고 기대감을 표출하고 있다. 아데는 링뿐만 아니라 아시아 대륙 전체에 외치고 있는 것이다. 일단 서양을 비판하는 아시아인의 시선과 사상에 자리를 비워 놓겠다는 입장이다. 그렇기 때문에 링의 편지들이 열한번째 편지까지 한번의 단절을 빼고 연속적으로 나타나고 있다. 이 단절도 아데가 동양 정신을 비판하는 것이 아니라 서양 정신에 대한 링의 이해를 돕도록 보충 설명하는 편지이다.

《서양의 유혹》은 '서간체 소설' '철학적 소설' '소설적 에세이' 혹은 '에세이적 소설'로 규정되기도 한다. 왜 이런 규정이 내려지는가? 편지들 속에 소설의 서사적 요소들, 왕로흐 같은 인물의 설정과 묘사가 나타나기 때문이다. 왕로흐는 《정복자》의 창다이라는 인물에 그대로 반영되어 있다. 뿐만 아니라 앞서 보았듯이 '스냅사진' 같은 정신의 파편들이 드러내는 불연속성은 소설들 속에서 지속적으로 활용된다. 그러니까 《서양의 유혹》은 소설로 가는 과정에서 과도적 단계로 나타나면서 불연속성이라는 '현대성'을 모색한 특이한 형태의 작품인 셈이다.

독자는 이 작품을 주의 깊게 읽지 않으면 함정에 빠질 수 있다. 링이 서양에서 얻고자 하는 것은 정신적인 것이 아니라 서양이 동양을 정복하게 만든 물리적 힘의 비밀이다. 반면에 아데가 동양을 통해 모색하고자 하는 것은 서양에 결핍된 정신적인 것, '새로운 인간 개념'이다. 그런데 아데는 문화들이 지닌 임의성을 자각하고 부조리를 느끼면서 동양 사상에 경도되는 것을 거부한다. 또 그의 탈자아적 방향에서 보면 당연한 것이지만, 그는 기독교와 같은 과거의 서양 정신으로 회귀하는 것도 거부하는 것으로 나타난다. 그렇다면 그는 어떤 입장에 있는가? 앞서 밝혔듯이 동양의 유혹을 지식으로 정복하는 것, 다시 말해 동양 사상을 지적·예술적 차원에서 탐구하고 명상하는 것이다. 신봉이나 배척은 그 다음에 생각할 문제인 것이다. 말로가 이 작품 이후에 내놓게 되는 소설들, 특히 아시아의 3부작에 대한 그동안의 연구가 드러낸 한계는 부분적으로 이와 같은 입장에 대한 냉철한 인식 부족에 기인한다 할 것이다.

말로는 인류의 정신적 문제를 편협한 서구 중심적 차원, 데리다의 용어를 빌리면 '인종(민족)중심주의'를 벗어나 지구촌적 차원에서 성찰하면서 동양 사상에 대한 지속적 탐구와 관심을 나타냈다. 그가 위대한 것은 그 어떤 서구 작가보다도 선구적으로 지구촌적 전망에서 동·서양의 깊은 대화를 통해 새로운 미래의 지평을 열고자 치열한 삶을 살았고, 자신의 구도적(求道的) 열정을 뛰어난 독창적 문학 작품으로 남겨 놓았다는 점이라 생각된다. 그의 문학 세계는 이런 해석의 방향에서 재접근되어 프랑스 문학사와 세계 문학사를 다시 두드리게 될 것이다. 그는 인류 역사상 20세기에 최초로 탄생한 지구촌 문명을 '불가지론적 문명' 혹은 '탐구 문명'이라 규정했다. 그는 결국 신비주의적 색채가 강한 불가지론자로 남았지만, 이 문명이 당면한 정신적 해체와 방황을 극복하고자 동·서양을 넘나들며 제3의 빛을 모색하는 탐구적 순례를 평생 동안 계속했다. 이와 같은 순례의 여정을 떠나는 출발점에 《서양의 유혹》이 청년 작가 말로의 지적 초상을 담아내면서 자리잡고 있다.

지금까지 역자는 말로의 문학 세계에 그것이 성취한 진정한 차원을 돌려주어야 한다는 사명감 하나로 연구하고 해석하는 작업을 해왔다. 긍정적 의미에서 운명적으로 동양과 결합된 말로의 문학과 예술을 새롭게 조명하기 위해 〈앙드레 말로: '정신의 다른 극점'—동양〉이라는 주제의 국제학술대회가 서울에서 열리게 되었다. 이를 기회로 동양, 특히 극동과 관련된 최초의 중요한 작품을 번역해 내놓게 된 것은 뜻깊은 일이라 생각된다. 역시 긍정적 의미에서 말로와 운명적으로 만난 역자는 전공한 작가의 작품이기에 번역에 보다 많은 정성을 쏟고자 노력했지만 항상 부족하고 재주가 없다는 느낌밖에 들지 않는다. 많지는 않지만 필요할 때마다 역자 주(註)를 달아 독자에게 도움을 주고자 했다. 어려운 상황에서도 본 역서를 기꺼이 출간해 주신 신성대 사장님께 감사드린다.

김 웅 권

작가 연보[51]

1901년 11월 3일. 파리의 몽마르트르 언덕 아래, 당레몽가(街) 53번
지에서 조르주 앙드레라는 이름으로 출생. 신분증에 나타난 조르주
앙드레라는 이 이름 때문에 말로가 43년 후 제2차 세계대전중 레지
스탕스 운동을 하다 체포되었을 때, 게슈타포는 갈피를 잡지 못하
고 결국 조르주 앙드레가 소설가 앙드레 말로가 아닌 것으로 판단
을 하게 됨. 이로 인해 말로는 생명을 구했음.

　　그의 부친 페르디낭 말로는 프랑스 북부 항구 도시 덩케르크에서
선박업을 하다 망한 대부르주아(바이킹의 후예)의 5남매 중 둘째아
들로 태어나, 파리에서 미국계 은행 대리점을 운영하였으며, 말로
가 출생할 당시에 22세였음.

　　모친 베르트 라미는 아버지가 쥐라 지방 출신이고, 어머니가 이
탈리아인으로 프랑스-이탈리아계이며 미모와 교양을 겸비함.

1902년 11월 25일. 파리에서 동생 레이몽 페르디낭 말로 출생. 생후
4개월째가 되던 1903년 3월 18일 사망함.

1905년 부모의 별거. 앙드레는 어머니·외할머니·외숙모와 함께
파리 동쪽 근교의 소도시 봉디(울창한 숲으로 유명함)에서 성장하게
됨. 그들은 잡화식료품점을 운영하며 생계를 유지했으나, 말로의
부모가 정식으로 이혼한 것은 15년이 지나서임.

1909년 할아버지 알퐁스 말로(68세)의 의문의 자살. 도끼로 자신의
머리를 쳐 자살한 것으로 전해지며, 말로의 소설 《왕도》《알튼부르

---

51) 본 연보는 역자가 작가의 전기에 관한 몇몇 자료와 기존의 연보들
을 참고하여 개괄적으로 작성한 것이다.

그의 호도나무》 그리고 《반회고록》에 에피소드로 나타남. 동생 레이몽 페르디낭 말로의 죽음에 이어 두번째 죽음과의 만남으로 기억 속에 새겨짐.

1912년 5월 13일. 아버지 페르디낭과 릴 출신의 처녀 마리 루이즈 고다르 사이에 이복동생 롤랑 말로 출생. 두 사람은 후에 정식으로 결혼함.

1914년 제1차 세계대전 발발. 역사 및 죽음과의 만남.

1915년 에콜 프리메르 쉬페리외르(후에 튀르고고등학교가 됨)에 입학. 책방 · 극장 · 박물관 등을 자주 드나들기 시작함.

1918년 에콜 프리메르 쉬페리외르를 마치고 콩도르세고등학교에서 대학입학자격시험을 준비하려 했으나 받아들여지지 않음. 대학 포기. 독학으로 다양한 독서.

1919년 《라 코네상스 La Connaissance》란 이름의 독서 살롱 및 출판사를 경영하는 르네 루이 두아용 밑에서 고서적들을 수집하는 일을 함. 문인들 · 예술가들과 교제를 시작함(막스 자콥 · 모리악 · 갈라니 등). 기메 박물관(동양 예술품이 주종을 이룸)과 루브르 박물관에서 강의를 들으며 산스크리트어를 공부함. 동양 문화에 대한 관심을 나타내기 시작함.

1920년 문학과 사상 잡지 《라 코네상스》에 첫 평론, 〈입체파 시의 기원 Les origines de la poésie cubiste〉을 발표함. 이어서 이 잡지와 《악시용》지에 계속해서 다양한 글을 발표하면서 출판일을 함.

1921년 4월에 최초의 '초현실주의적' 작품 《종이달 Lunes en papiers》을 자신이 호화판 출판 기획을 담당했던 갈르리 시몬사에서 펴냄. 《길들여진 고슴도치 Les Hérissons apprivoisés》와 같은 유사한 경향의 작품들을 잇달아 발표함. 10월에 클라라 골슈미트와 결혼함. 클라라와 이탈리아 등 유럽 각지를 여행함.

1922년 문예 잡지 《누벨 르뷔 프랑세즈 Nouvelle revue française(N.R. F.)》와 《데 Dés》지에 기고 시작. 화가 피카소 · 드렝 · 갈라니 · 샤갈 · 브라크 등과 교제. 갈라니 전시회의 카탈로그 서문을 씀.

1923년 모라스(Maurras)의 《몽크 아가씨 *Mademoiselle Monk*》의 서
문을 씀. 10월 중순에 죽마지우 루이 슈바송 및 아내 클라라와 인도
차이나로 고고학적 탐사 여행을 떠남. 옛 크메르 왕국의 수도 앙코
르와트와 메남 강 하구를 잇는 '왕성의 길'에서 답사, 반테아이 스
레이 사원에서 7개의 돌조각 블록을 뜯어냄(이 경험을 소재로 하여
소설 《왕도》를 집필함). 조각 작품 절도 혐의를 받아 프놈펜에서 기
소되고 현지 소환 명령을 받음.

1924년 7월에 프놈펜 법원은 말로에게 3년의 징역을 선고함(슈바송
은 18개월, 클라라는 면소됨). 클라라가 프랑스로 돌아와 문학계·예
술계·언론계에 구명 운동을 호소함. 저명 인사들의 글·편지·탄
원서가 잇달아 쏟아짐. 10월에 사이공의 항소 법원은 말로와 슈바
송에게 각각 1년과 8개월의 집행 유예를 선고함. 11월에 프랑스로
돌아옴.

1925년 클라라와 함께 인도차이나로 다시 떠남. 1월에 사이공에서
변호사 폴 모넹과 신문 《랭도쉰 *L'Indochine*》을 창간하여 반식민지
투쟁을 전개함. 8월에 탄압 때문에 신문 발행이 중단됨. 《랭도쉰 앙
세네 *L'Indochine enchaînée*》라는 이름으로 11월에 다시 나왔으나
이듬해 2월에 결정적으로 폐간됨. 클라라와 함께 프랑스로 귀국함.

1926년 슈바송과 함께 호화판 출판을 전문으로 하는 출판사 알 라 스
페르(A la Sphère)와 오 잘드(Aux Aldes) 설립. 프랑수아 모리악의
《뇌우 *Orages*》와 폴 모랑의 《살아 있는 붓다 *Bouddha vivant*》 등 출
간. 1928년에 폐쇄됨. 《서양의 유혹》의 전신인 〈중국 청년으로부터
의 편지〉를 《누벨 르 뷔 프랑세즈》에 발표. 그라세 출판사에서 《서
양의 유혹》 출간.

1927년 《에크리》지에 〈유럽 청년으로부터〉 발표. 《코메르스 *Commer-
ce*》지에 《괴상한 왕국》의 전신인 〈행운의 섬에의 초대〉 발표.

1928년 대성공을 거둔 첫 소설 《정복자》를 그라세사에서, 《괴상한
왕국》을 갈리마르사에서 출간. 갈리마르사 독서위원회 위원이 됨.

1929년 갈리마르사의 예술부장이 됨. 페르시아를 중심으로 중동 지

방 여행.

1930년 중동, 인도 지방 여행. 아버지 페르디낭 말로 자살. 두번째 소
설 《왕도》를 출간하여 엥테랄리에상(Prix intérallié) 수상. 발레리와
만남.

1931년 N.R.F. 화랑 설립. 고딕-불교 예술전람회 개최. 고딕-불교
예술, 그리스-불교 예술, 중앙아시아 예술전람회 등 다양한 동서 문
화 교류 전람회를 개최하고 보고서를 발표. 《정복자》에 대해 트
로츠키와 논쟁. 세계 일주 여행(페르시아의 이스파한에서 뉴욕까지.
러시아 · 아프가니스탄 · 인도 · 버마 · 중국 · 일본 · 캐나다 경유).

1932년 로렌스의 《채털리 부인의 사랑》 프랑스어 번역판 서문. 페르
시아 벽화 전람회, 극동의 추상 예술 전람회 등 여러 전람회 개최와
N.R.F.에 기고 활동. 어머니 베르트 말로의 사망. 레이몽 아롱 · 클
로델 · 하이데거 등과 만남. 여성 잡지 《마리안》에서 일하던 조제트
클로티스와 최초 만남. 말로와 비극적 사랑을 하게 될 조제트는 갈
리마르사에서 처녀 소설 《푸른 시절 Le Temps vert》을 출간함.

1933년 포크너의 《성소 Sanctuaire》 프랑스어 번역판 서문. 혁명 작
가 및 예술가 동맹에 참여하여 반파시스트 운동을 최초로 전개함.
딸 플로랑스 출생. 《인간의 조건》을 출간하여 공쿠르상 수상. 말년
에 말로의 여인 루이 드 빌모랭과 잠깐 동안의 관계. 트로츠키와의
대담. 조제트 클로티스와의 연인 관계 시작.

1934년 디미트로프 · 포포프 · 타네프 석방을 위해 앙드레 지드와 함
께 베를린 여행. 텔만석방위원회 설립. 코르니글리옹 몰리니에와 사
바 여왕의 전설적 수도를 발굴하기 위해 예멘의 다나 사막을 비행
함. 《랭트랑지장 L'Intransigeant》지에 전보를 쳐 자신의 발견을 알
림. 모스크바의 첫 소비에트 작가 회의에서 〈예술은 정복이다〉란 제
목으로 연설. 고리키 · 파스테르나크 · 스탈린 · 에이젠슈타인 등과
만남.

1935년 반파시스트 소설 《모멸의 시대》 출간. 앙드레 비올리의 《앵도
쉰 에스 오 에스 Indochine S.O.S》에 서문. 지드와 함께 문화 보호

를 위한 국제작가회의를 주재하고, 〈예술 작품〉이란 제목으로 연설. 회의 후 국제연합회 창설. 조제트 클로티스와 브뤼주 여행.

1936년 스페인 내전에 참여해 국제비행중대 '에스카드리유 에스파냐'('앙드레 말로 비행중대'라고 다시 명명됨)를 조직하고 지휘함. 65회 출격. 반프랑코 전선에서 전투중 부상당함. 스페인에서 네루를 만나고, 파리에서 레옹 불룸과 만남. 아내 클라라와 별거를 시작하고, 조제트 클로티스와 동거 시작.

1937년 스페인 공화국 지원 호소를 위해 클로티스와 미국 및 캐나다 방문. 헤밍웨이·에이젠슈타인·오펜하이머 등과 만남. 스페인 참전을 바탕으로 쓴 《희망》 출간. 《베르브 Verve》지에 《예술심리학》 연재 시작. 베르나노스와 만남.

1938년 소설 《희망》을 각색, 《시에라 드 테루엘》이라는 영화의 촬영을 시작. 이듬해 4월 프랑스에서 촬영을 마침(45년 출시될 때 《희망》으로 나옴).

1939년 《시에라 드 테루엘》의 사적인 시사회. 9월에 검열에 의해 영화 상영이 금지됨. 《프랑스 문학의 조망》에 라클로에 관한 글 게재. 1922년 부적격자로 병역이 면제되었으나 사병으로 전차부대에 지원함.

1940년 전차병으로 프로뱅에 배치됨. 상스 부근에서 포로가 되었다 탈출에 성공. 남부 자유 지역으로 빠져나와 조제트 클로티스와 상봉. 그와 그녀 사이에 태어난 피에르 고티에와 생면. 지중해 연안 니스 근처 로크브륀 캅 마르탱에 있는 라수코 별장에 클로티스와 거처를 정함.

1941년 강제된 휴식 속에서 《천사와의 싸움》《절대의 악마》(아라비아의 로렌스 1942년에 관한 전기적 연구) 《예술심리학》 집필. 사르트르·지드·라캉·드리외 등을 맞이함. 42년 가을 레지스탕스와 첫 접촉. 생 샤망으로 거처를 옮김.

1943년 《천사와의 싸움》 제1권인 《알튼부르그의 호도나무》가 전쟁중 로잔에서 출간됨. 클로티스와 사이에 둘째아들 뱅상 출생. 코레즈와 도르도뉴의 레지스탕스 그룹과 관계를 유지함.

1944년 베르제(《알튼부르그의 호도나무》에 나오는 인물의 이름) 대령이
되어 지하 항독 운동 지휘 시작. 코레즈·페리고르·로·도르도뉴
지역의 프랑스 국내군을 지휘함. 부상으로 그라마에서 체포됨. 툴
루즈로 옮겨져 심문을 받고 모의 처형의 대상이 됨. 조르주란 이름
때문에 신분이 확인되기 전 독일군이 도시를 버리고 후퇴하여 자유
의 몸이 됨. 둘째 이복동생 클로드가 레지스탕스 운동중 체포되어
처형됨. '알자스 로렌 여단'을 조직 베르제 대령으로 지휘. 단마
리·밀루즈·스트라스부르 등지에서 전투. 레클레르 장군과 만남.
조제트 클로티스의 비극적 사고사(그녀의 어머니를 배웅하러 역에 나
갔다가 기차 밑으로 떨어져 두 다리가 잘려져 사망함).

1945년 레지옹 도뇌르 훈장을 받음. 레지스탕스 운동중 체포되어 포
로수용소에 수용된 첫째 이복동생 롤랑의 죽음. 드골과의 만남. 영
화 《희망》이 루이 들뤽상을 수상. 드골 정부의 기술자문위원에 이
어 정보상이 됨(1946년 드골 장군이 물러날 때까지).

1946년 이복동생 롤랑의 미망인 마들렌 말로와 함께 볼로뉴에 거처
를 정함. 《영화심리학 개요》《작품 선집》《그러니까 그것뿐이었던
가?》(토머스 에드워드 로렌스, 이른바 아라비아의 로렌스에 대한 전기
적 연구 《절대의 악마》 일부) 출간. 소르본에서 〈인간과 문화〉라는
제목으로 강연.

1947년 프랑스국민연합 창당에 선전부장으로 활동. 1953년 당이 해
체될 때까지 다양한 연설과 기관지 《르 라상블르망 Le Rassemble-
ment》에 사설을 씀. 《프라도 박물관의 고야 데생》의 서문, 《예술심
리학》 제1권인 《상상의 박물관》 출간.

1948년 플레엘 홀에서 〈지식인들에게 보내는 호소〉란 제목으로 강
연. 이 글은 이듬해 《정복자》의 후기로 수록됨. 《알튼부르그의 호도
나무》가 정식으로 출간됨. 《예술심리학》 제2권 《예술 창조》 출간. 이
복동생 롤랑 말로의 미망인 마들렌 리우와 재혼.

1949년 《예술심리학》 제3권 《절대의 화폐》 출간. 클로드 모리악을 편

집장으로 하는 《정신의 자유》 창간.

1950년 고야에 대한 에세이 《사투르누스》 출간.

1951년 《예술심리학》 세 권을 묶어 《침묵의 소리》로 재출간. 제2부에 〈아폴론의 변모〉가 추가됨.

1952년 마네스 스페르베의 《대양 속의 눈물》 서문. 《레오나르도 다 빈치와 베르미르 반 델프트 작품 전집》 출간 기획. 미셸 플로리손의 《반 고흐와 오베르의 화가들》 서문. 《세계 조각의 상상의 박물관》 제1권 《조상(彫像)술 La Statuaire》 출간. 가보 홀에서 〈문화와 자유에 대하여〉라는 제목의 강연. 그리스·이집트·이란 그리고 인도 여행.

1953년 자코 장군의 《망상 혹은 현실》 서문.

1954년 《세계 조각의 상상의 박물관》 제2권 《신성한 동굴의 저부조상》, 제3권 《기독교 세계》 출간. 뉴욕에서 연설. 알베르 올리비에의 《생 쥐스트 혹은 사물의 힘》 서문.

1955년 갈리마르사에서 《형태의 세계》 시리즈 간행 기획.

1956년 스톡홀름에서 렘브란트 탄생 3백50주년을 기념하여 〈렘브란트와 우리들〉이란 제목으로 연설.

1957년 《제(諸)신들의 변모》 제1권 출간.

1958년 마르탱 뒤 가르·모리악 그리고 사르트르와 함께 대통령에게 보내는 〈엄숙한 건의문〉(고문을 고발하는 건의문임)에 서명. 드골 정권에서 내각 총리실 장관 및 정보상. 언론계 강연. 프랑스·서인도 제도·이란·일본 등지에서 강연. 네루 및 일본 황제 만남.

1959년 문화부 장관 취임(1969년 드골이 물러날 때까지). 알제리·멕시코·남아메리카 등에서 정치 연설. 아테네에서 〈그리스에 보내는 경의〉란 제목으로 연설.

1960년 누비아의 유물 보호를 위한 연설. 만국이스라엘연합 1백주년 연설. 〈인도 걸작품전〉 카탈로그 서문. 차드·가봉·콩고·중앙아프리카 독립 선언 연설. 슈바이처 박사 만남. 앙드레 파로의 《수메르》 서문.

1961년 〈이란 예술 7천년전〉 카탈로그 서문. 조제트 클로티스와의 사이에서 출생한 두 아들이 바캉스에서 돌아오는 중 교통 사고로 사망.

1962년 알제리 독립을 반대하는 비밀군사조직 오아에스(O.A.S)로부터 자택에서 저격을 받았으나 무사함. 미국 여행. 케네디와 만남.

1963년 《모나리자》를 가지고 미국 여행. 브라크 추도 연설. 핀란드 · 캐나다 여행.

1964년 부르주 문화원 개원 연설. 위인의 전당 팡테옹에 유해가 이장되는 장 물랭 추도 연설. 마들렌과 결별.

1965년 중국 여행(싱가포르 · 인도 · 일본). 마오쩌둥 및 주은래 만남. 르 코르뷔지에 추도 연설.

1966년 루이즈 드 빌모랭과 재회, 베리에르에서 함께 삶을 시작함. 아미앵 문화원 개원 연설. 다카르에서 레오폴 생고르와 함께 제1회 흑인예술세계 축제 개막식 연설.

1967년 《반회고록》 출간. 영국 하원 연설. 옥스퍼드 프랑스 문화원 개원 연설.

1968년 그르노블 문화원 개원 연설. 유럽 고딕전(루브르) 개막 연설. 소련 여행. 코시긴 만남.

1969년 드골 정권 퇴진과 함께 문화상에서 물러나 베리에르르뷔송에 은거. 콩롱베에서 드골과 마지막 대담. 루이즈 드 빌모랭 사망.

1970년 《검은 삼각형》(고야, 라클로, 생 쥐스트) 출간. 드골 사망. 루이즈 드 빌모랭의 《시집》 서문.

1971년 《추도 연설집》《쓰러지는 떡갈나무》 출간.

1972년 닉슨 대통령으로부터 백악관에 초대받음. 호세 베르가민의 《불타는 못 Le clou brûlant》 서문. 《반회고록》 증보 출간. 라 살페트리에르 병원에 입원.

1973년 《왕이시여, 나는 그대를 바빌론에서 기다리노라》(살바도르 달리 삽화) 출간. 샤를 드골을 기념하는 《회상집》《앙드레 지드 평론집》 4권, 피에르 보켈의 《웃음의 아이》 서문. 인도 · 방글라데시 · 네팔 여행. 앙드레 말로를 기념하는 전시회 개막 연설. 유언장 작성.

1974년 《흑요석의 머리 *La Tête d'obsidienne*》《라자로 *Lazare*》《제신들의 변모》, 제2권 《비현실의 세계 *L'Irréel*》 출간. 일본 여행. 베르나노스의 《시골 신부의 일기》 서문. 뉴델리에서 네루 평화상 수상.

1975년 《과객(過客) *Hôtes de passage*》 출간. 사르트르 성당 앞에서 강제수용소 유형수 해방 30주년 기념 연설. 드골 사후 5주년 기념 연설.

1976년 〈생 종 페르스의 새와 작품전〉 카탈로그 서문. 국회에서 마지막 연설. 《교수대와 생쥐들 *Les cordes et les souris*》《혼돈의 거울 *Le Miroir des limbes*》 그리고 《초시간의 세계 *L'Intemporel*》 출간. 《말로, 존재와 말》에 〈신비평〉이란 제목의 서문. 11월 23일 크레테유의 앙리 몽도르 병원에서 폐전색증으로 사망. 베리에르에서 개인장으로 장례. 루브르에서 국가적 추모 행사. 77년 1월 23일 앵발리드의 생 루이 교회에서 피에르 보켈 신부 집전 추도 미사.

1977년 《그리고 지상에…》(샤갈의 삽화), 《초자연의 세계 *Le Surnaturel*》(《제신들의 변모》 1권 재출간), 그리고 마지막 저서 《불안정한 인간과 문학》 출간.

1978년 《사투르누스, 운명, 예술과 고야》(1950년에 나온 책과 같은 것으로 말로가 재검토함) 출간.

1996년 사후 20주년을 맞이해 자크 시라크 대통령이 참여하는 범국가 행사로 말로의 유해가 위인의 전당 팡테옹에 이장됨.

김웅권
한국외국어대학교 불어과 졸업
프랑스 몽펠리에3대학 불문학 박사
현재 한국외국어대학교 연구교수
학위 논문: 《앙드레 말로의 소설 세계에 있어서 의미의 탐구와 구조화》
저서: 《앙드레 말로-소설 세계와 문화의 창조적 정복》
《말로와 소설의 상징시학》
논문: 〈앙드레 말로의 《왕도》에 나타난 신비주의적 에로티시즘〉
(프랑스의 《현대문학지》 앙드레 말로 시리즈 10호),
〈앙드레 말로의 《인간 조건》에서 광인 의식〉
(미국 《앙드레 말로 학술지》 27권) 외 다수
역서: 《천재와 광기》《니체 읽기》《상상력의 세계사》《순진함의 유혹》
《쾌락의 횡포》《영원한 황홀》《파스칼적 명상》《운디네와 지식의 불》
《진정한 모럴은 모럴을 비웃는다》《기식자》《구조주의 역사 II · III · IV》
《미학이란 무엇인가》《상상의 박물관》《그라마톨로지에 대하여》
《어떻게 더불어 살 것인가》《과학에서 생각하는 주제 100가지》
《에로티시즘을 즐기기 위한 100가지 기본 용어》《푸코와 광기》
《실천적 이성》 등

현대신서
182

서양의 유혹

초판발행 : 2005년 4월 30일

東文選

제10-64호, 78. 12. 16 등록
110-300 서울 종로구 관훈동 74
전화 : 737-2795

편집설계 : 李妍旻 李惠允

ISBN 89-8038-534-X 94860
ISBN 89-8038-050-X(세트 : 현대신서)

東文選 文藝新書 201

기식자

미셸 세르
김웅권 옮김

초대받은 식도락가로서, 때로는 뛰어난 이야기꾼으로서 주인의 식탁에 앉아 식사를 하는 자가 기식자로 언급된다. 숙주를 뜯어먹고 살고, 그의 현재적 상태를 변화시키고 그의 생명을 위태롭게 하는 작은 동물 또한 기식자로 언급된다. 끊임없이 우리의 대화를 중단시키거나 우리의 메시지를 차단하는 소리, 이것도 언제나 기식자이다. 왜 인간, 동물, 그리고 파동이 동일한 낱말로 명명되고 있는가?

이 책은 우선 이러한 질문에 대한 대답으로서 이미지의 책이고 초상들의 갤러리이다. 새들의 모습 속에, 동물들의 모습 속에, 그리고 우화에 나오는 기이한 모습들 속에 누가 숨어 있는지를 알아서 추측해 볼 필요가 있을 것이다. 크고 작은 동물들이 함께 식사를 하는데, 그들의 잔치는 중단된다. 어떻게? 누구에 의해? 왜?

미셸 세르는 책의 마지막에서 소크라테스를 악마로 규정한다. 이 소크라테스의 초상에 이르기까지의 긴 '산책' 이 기식자라는 화두를 중심으로 펼쳐진다. 세르는 기식의 논리를 라 퐁텐의 우화로부터 시작하여 성서 · 루소 · 몰리에르 · 호메로스 · 플라톤 등의 세계를 섭렵하면서 펼쳐내고 있다. 뿐만 아니라 그는 경제학 · 수학 · 생물학 · 물리학 · 정보과학 · 음악 등 다양한 분야를 끌어들여 기식의 관계가 모든 영역에 연결되고 있음을 드러낸다. 특히 루소를 기식자의 한 표상으로 설정하면서 그가 주장한 사회계약론의 배면을 그의 삶과 관련시켜 흥미진진하게 파헤치고 있다.

기식자는 취하면서 아무것도 주지 않는다. 말 · 소리 · 바람밖에 주지 않는다. 주인은 주면서도 아무것도 받지 않는다. 이것이 불가역적이고 되돌아오지 않는 단순한 화살이다. 그것은 우리들 사이를 날아다닌다. 그것은 관계의 원자이고, 변화의 각도이다. 그것은 사용 이전의 남용이고, 교환 이전의 도둑질이다. 우리는 그것으로부터 기술과 사업, 경제와 사회를 구축할 수 있거나, 적어도 다시 생각할 수 있다.

東文選 文藝新書 191

그라마톨로지에 대하여

자크 데리다

김웅권 옮김

"언어들은 말하기 위해 만들어지고, 문자 언어는 음성 언어에 대리 보충의 역할만을 한다……. 문자 언어는 음성 언어의 대리 표상에 불과하다. 사람들이 대상보다 이미지를 규정하는 데 더 많은 주의를 기울이는 것은 기이한 일이다." —— 루소

따라서 본서는 기이함을 드러낼 수밖에 없는 책이다. 그러나 그 이유는 문자 언어에 모든 주의를 기울임으로써, 이 책이 문자 언어로 하여금 근본적인 재평가를 받게 하기 때문이다. 그런 만큼 총칭적 '논리 자체'로 자처하는 것의 가능성을 사유하기 위해 그것(그러한 논리로 자처하는 것)을 넘어서는 일이 중요할 때, 열려진 길들은 필연적으로 상궤를 벗어난다. 이 논리는 다름 아닌 상식의 분명함에서, '표상'이나 '이미지'의 범주들에서, 안과 밖, 플러스와 마이너스, 본질과 외관, 최초의 것과 파생된 것의 대립에서 안정적 입장을 취하면서 음성 언어와 문자 언어의 관계를 규정하게 되어 있는 논리이다.

우리의 문화가 문자 기호에 부여한 의미들을 분석함으로써, 자크 데리다가 또한 입증하는 것은 그것들의 가장 현실적이면서도 때때로 가장 눈에 띄지 않은 파장들이다. 이런 작업은 개념들의 체계적인 '전치'를 통해서만 가능하다. 실제, 우리는 "문자란 무엇인가?"라는 질문에 야생적이고 즉각적이며 자연발생적인 어떤 경험에 '현상학적' 방식으로 호소함으로써 대답할 수는 없을 것이다. 문자(에크리튀르)에 대한 서구의 해석은 경험·실천·지식의 모든 영역들을 지배하고, 사람들이 그 지배력으로부터 해방시킬 수 있다고 생각하는 질문——"그것은 무엇인가?"——의 궁극적 형태까지 지배한다. 이러한 해석의 역사는 어떤 특정 편견, 위치가 탐지된 어떤 오류, 우발적인 어떤 한계의 역사가 아니다. 그것은 본서에서 '차연'이라는 이름으로 인지되는 운동 속에서 하나의 종결된 필연적 구조를 형성하고 있다.